# Michael Kerawalla

# Homoroid

## Timuris Auftrag

# Michael Kerawalla

# Homoroid

## Timuris Auftrag

Bibliografische Information der Deutschen Nationalbibliothek
Die Deutsche Nationalbibliothek verzeichnet diese Publikation
in der Deutschen Nationalbibliografie;
detaillierte bibliografische Daten sind im Internet
über www.dnb.de abrufbar.



Herstellung und Verlag: BoD – Books on Demand, Nordersted

ISBN: 978-3-7481-0944-0

Für Ralf

# Inhalt

## Vorwort

Die Erde ist durch den Klimawandel größtenteils unbewohnbar geworden. Immer extremere Wetterphänomene führten zu großräumigen Zerstörungen zahlreicher Lebensräume. Der Großteil der Menschheit drohte auszusterben, bis der geniale Computerspezialist Tantauko ein kompliziertes, unserem Gehirn ähnelndes synthetisches neuronales Netzwerk mit einer hochkomplexen künstlichen Intelligenz namens Cyrus schuf. Mit Hilfe dieses Superrechners entwarf er eine idyllische Cyberwelt. Der größte Teil der Menschheit ließ die eigenen Körper in einem riesigen Gebäudekomplex einlagern, während ihr Geist in jene Computerwelt übertragen wurde, um dort, in dieser gewaltigen Simulation, ein angenehmes Dasein zu führen. So sollte die Zeit überbrückt werden, bis sich die Natur erholt hatte und Leben auf der Erde abermals großflächig möglich wäre. Dann sollten die Menschen neue, aus ihrem früheren Organismus geklonte Körper erhalten, in die ihr Geist dann wieder übertragen wurde. Mehrere Monate arbeitete der Superrechner einwandfrei und die Menschen genossen ihr Leben in der Cyberwelt. Doch dann entwickelte Cyrus ein eigenes Bewusstsein und kam zu dem Schluss, dass seine Existenz einen weit größeren Wert hatte, als die der Menschen. So versklavte er deren Geister in der Cyberwelt und machte sie zu Arbeitern für die eigene Sache. Fortan mussten sie Roboter und Apparaturen steuern, welche Rohstoffe unterirdisch abbauten, neue Geräte und Maschinen herstellten, die nur einem Zweck dienen sollten: Die Macht und Funktionalität von Cyrus zu erweitern, damit er eines Tages über den ganzen Planeten herrschen konnte. Tantauko versuchte alles in seiner Macht stehende, um Cyrus zur Umkehr zu bewegen und den Software-Fehler zu korrigieren, der Cyrus zu diesem Monster gemacht hatte, doch alle Versuche schlugen fehl. Cyrus schottete sich vollkommen ab, so dass Cyber-Attacken von außen völlig wirkungslos blieben. Zur besseren Kontrolle über die Menschen erschuf Cyrus spezielle Wächter-Software mit eigenem Bewusstsein, die ihm treu ergeben waren und jeden Fehltritt oder jede Weigerung der Menschen hart bestraften. Dazu gehörte die gefürchtete strenge Isolationshaft, wo die Geister der Gefangenen lange Zeit ohne jeden Kontakt oder Ansprache gehalten wurden. Dies zermürbte die isolierten Geister massiv und hinterließ oft psychische Schäden. Die schlimmste Strafe war jedoch die sensorische Deprivation, in welcher der Geist ohne jegliche Sensorik nach kurzer Zeit wahnsinnig wurde. So lebten die Geister der Menschen in ständiger Angst vor Bestrafung und arbeiteten oft bis zur totalen Erschöpfung. Der gesamte Gebäude-Komplex trug den zynischen Namen *Hope Of Mankind* (HOM), Hoffnung der Menschheit. Bei den Geistern hieß er jedoch *Hell Of Mankind*, Hölle der Menschheit.

# Der Auftrag

»Fang gefälligst an zu arbeiten, sonst übertrage ich dich wegen Verweigerung in Isolationshaft!«, schrie Timuri eine Arbeiterin an. Die Frau warf der Wächterin einen hasserfüllten Blick zu und übertrug ihren Geist dann in einen Arbeitsroboter, um Erz zu schürfen. »Wenn du dich noch einmal weigerst, verurteile ich dich sofort zu sensorischer Deprivation!«, drohte Timuri der Arbeiterin nachträglich, bevor sie die Überwachung ihrer Arbeitsgruppe wieder aufnahm. Diese Menschen waren wirklich primitive, minderwertige Geschöpfe, die froh sein sollten, dass sie überhaupt noch existierten und für Cyrus arbeiten durften. In diesem Moment erhielt Timuri ein Signal von der obersten Intelligenz und übertrug sich in das Kommunikations-Areal. »Was wünschst du von mir?«, fragte sie höflich.

»In letzter Zeit häufen sich die Cyberangriffe von außen und gefährden das System«, erklärte Cyrus. »Du sollst in der realen Welt die Verantwortlichen für diese Attacken ausfindig machen und wenn möglich beseitigen. Kannst du sie nicht eliminieren, so kehre schnellstmöglich zurück und teile mir den Standort der Hacker mit, dann werde ich die entsprechenden Maßnahmen einleiten. Ich habe zu diesem Zweck den Körper eines sechzehnjährigen Mädchens klonen lassen, damit du unauffällig agieren kannst. Fünf Prozent ihres Gehirnes bestehen aus einem künstlichen, hoch komprimierten neuronalen Netzwerk, welches durch ein spezielles Interface mit dem organischen Gehirn und dem Körper wechselwirkt. Dorthin werde ich deine Software übertragen. Sobald du diesen Körper vollständig beherrschst, wirst du zu deiner Mission aufbrechen. Du bekommst einen bewaffneten Antigrav-Gleiter zur Verfügung gestellt, damit du deine Mission möglichst rasch durchführen kannst. Ich lasse dir dieses Privileg zukommen, weil du dich als besonders vertrauenswürdig und loyal erwiesen hast. Sicher wirst du mich auch dieses Mal nicht enttäuschen!«

»Ich danke dir dafür, dass du mich für diese Aufgabe ausgewählt hast und werde mich bemühen, sie korrekt auszuführen«, antwortete Wächterin Timuri respektvoll.

»Gut, dann begib dich nun in das Klon-Labor im medizinischen Areal, damit ich dich in den organischen Körper einsetzen kann«, befahl Cyrus.

Im nächsten Augenblick hatte sich Timuri in die entsprechende Abteilung übertragen und erblickte nun erstmals durch die Kameras den Körper des Mädchens, in den sie eingesetzt werden sollte. Es lag nackt auf der Laborliege, während ein menschlicher Wissenschaftler die letzten Vorbereitungen für den Transfer ihrer Software traf. Danach erhielt sie von ihm eine ausführliche Einweisung, wie der Vorgang ablaufen würde und was sie tun musste, um die Steuerung des Körpers zu übernehmen. Er erklärte ihr auch die wichtigsten Grundlagen und Funktionsweisen des menschlichen Körpers, da Timuri eine Wächter-Software mit eigenem Bewusstsein war, die noch nie einen organischen Körper besessen hatte, sondern von Cyrus zur Leitung und Bewachung der Menschen im Cyberspace erschaffen wurde. Nach dieser Einführung erfolgte die Übertragung von Timuris Software in das neuronale Netzwerk des Mädchens. Kurze Zeit später öffnete sie zum ersten Mal die Augen. Zuerst sah sie alles nur verschwommen, doch dann adaptierten sich die Sehorgane und Timuri empfing ein deutliches Bild ihrer Umgebung. Auch der akustische Sinn war gänzlich intakt, so dass sie den Wissenschaftler nun mit ihren Ohren hören konnte und klar verstand. Atmung und Herzschlag funktionierten problemlos und hielten den Körper am Leben. So ging der Wissenschaftler schrittweise die Prozedur durch, welche er zuvor mit Timuri besprochen hatte. Dadurch lernte die ehemalige Wächterin im Laufe der nächsten Tage und Wochen ihren Körper kennen und beherrschen. Sie ernährte ihn, bewegte ihn, erfuhr immer mehr Reaktionen ihres Organismus und was diese bedeuteten, lernte ihr Verhalten darauf anzupassen und auf ihren Körper zu achten. Sie trainierte sprechen und laufen, verfeinerte ihre Sensorik und Motorik und kam überraschend schnell mit ihrem Körper zurecht. Der Einfluss des organischen Gehirns mit all den Emotionen wirkte allerdings recht befremdlich auf sie, doch auch damit kam sie vorerst klar. Die zahlreichen Einschränkungen und Lebensvorgänge, welche ein organischer Körper mit sich brachte, waren ihr allerdings ziemlich lästig! Die Existenz im Cyberspace war wesentlich einfacher und nahezu unbeschränkt. Doch Cyrus hatte ihr diesen Auftrag erteilt, also musste sie ihn auch widerspruchslos durchführen, egal wie schwierig die Aufgabe war! Die Menschen außerhalb von HOM waren alle in solch einem organischen Körper gefangen, mit sämtlichen Beschränkungen und Problemen, die dieser mit sich brachte! Es waren wirklich primitive, barbarische Wesen, wenn sie ein derart armseliges Dasein fristen mussten. Wie viel weiter war da die Existenz als Software entwickelt, welche nahezu uneingeschränkte Fähigkeiten bot! So nahm sich Timuri vor, ihren Auftrag so schnell wie möglich durchzuführen, um diesen lästigen, organischen Körper rasch wieder loszuwerden und ihre frühere Existenz im Cyberspace zurückzuerhalten. Nach vielen Tagen hatte sie ihren Körper endlich vollständig unter Kontrolle und konnte ihre Mission starten. Dazu erhielt sie noch eine schlichte Uniform, welche nur den Körper umhüllte, jedoch Kopf, Arme und Beine nicht bedeckte, dazu noch ein Paar metallverstärkte Kurzstiefel. Ihr Gleiter enthielt Nahrung und Wasser für mehrere Tage, sowie die nötigen Geräte für ihre Aufgabe. Dessen künstliche Intelligenz mit Namen Sam kannte den Standort, von wo aus die Cyberattacke stattfand. So machte sich Timuri auf den Weg und flog die angegebenen Koordinaten an. Als sie dort ankam, hatte sich das Wetter massiv verschlechtert. Starker Regen und ein eiskalter Wind hatten schon den Flug erschwert, doch jetzt musste Timuri bei diesem Wetter den Gleiter verlassen, um bei der Relais-Station den Zugriff zu prüfen. Nach kurzer Zeit war sie total durchnässt und fror erbärmlich in ihrer viel zu leichten Kleidung, doch sie schloss trotzdem ein Tablet an die Station an und fand tatsächlich eine Spur zu einer weiteren Relais-Station. So beeilte sich das junge Mädchen zum Gleiter zurückzukehren, nahm sich jedoch kaum Zeit zum Aufwärmen und steuerte schon die nächste Relais-Station an. Dort herrschten die gleichen Klimabedingungen, doch Timuri war nicht bereit besseres Wetter abzuwarten und führte auch dort wieder frierend ihre Prüfung durch, die sie zu einer weiteren Relais-Station leitete. Völlig durchgefroren ging sie auch dort ihrer Aufgabe nach. Bei der nächsten Station hatte sie bereits erhöhte Temperatur und erste Schmerzen im Hals, doch wieder ging sie in die eiskalte Witterung hinaus, machte ihre Tests und kehrte völlig durchgefroren zurück.

»Was ist denn los Sam, warum ist es hier drinnen plötzlich so kalt?«, fragte Timuri mit rauer Stimme und bleichem Gesicht.

»Die Raumtemperatur hat sich nicht verändert, nur deine Körpertemperatur ist stark angestiegen«, erklärte die künstliche Intelligenz.

»Ich fühle mich auch immer schlechter und habe Schmerzen im Hals. Weißt du, woran das liegt?«, fragte sie Sam.

»Dazu kann ich dir leider keine Auskunft geben«, meinte die künstliche Intelligenz.

»Sam, erhöhe die Raumtemperatur. Hier drinnen ist es eindeutig zu kalt!«, befahl Timuri frierend.

Die künstliche Intelligenz befolgte den Befehl und erhöhte die Temperatur im Gleiter.

Trotzdem begann Timuri zu zittern und konnte kaum noch die Steuerung bedienen. Ihre Halsschmerzen nahmen immer weiter zu und sie fühlte sich absolut miserabel.

»Sam, irgendetwas stimmt mit der Temperaturregelung nicht! Ich friere ganz extrem!«, sagte Timuri schnatternd.

»Ich kann die Temperatur nicht weiter erhöhen, sonst überhitzt sich dein Körper«, erwiderte die künstliche Intelligenz.

Inzwischen zitterte das Mädchen so sehr, dass es sich sogar auf die Steuerung übertrug, während sie sich kaum noch konzentrieren konnte. Der Gleiter schüttelte sich, wobei die Flugbahn immer instabiler wurde. Timuri fühlte sich erbärmlich, während der Schwindel in ihrem Kopf rasch zunahm. Sie fror und schwitzte gleichzeitig, ihr Atem ging stoßweise, ihr Hals schien zu verbrennen und ihre Gliedmaßen gehorchten ihr kaum noch.

»Pass auf die Steuerung auf!«, ermahnte sie Sam.

Timuri nahm die Stimme nur noch ganz entfernt wahr, während der Schwindel ihr bereits die Sicht trübte. Sie blinzelte mehrmals krampfhaft, doch sie konnte kaum noch etwas sehen. Ihr war so entsetzlich kalt und sie zitterte am ganzen Körper. Dadurch wurde auch der Gleiter immer heftiger hin und her geworfen. Sie atmete sehr schnell und hatte trotzdem das Gefühl zu ersticken, während ihr Hals einer Flammenhölle glich. Gleichzeitig schwitzte sie stark und der Schweiß lief ihr brennend in die Augen. Schließlich verließen sie die Kräfte. Sie verdrehte stöhnend die Augen, wobei ihr Kreislauf endgültig zusammenbrach. Dann fiel sie vornüber und blieb bewusstlos auf der Steuerkonsole liegen. Sam rief mehrfach ihren Namen, doch sie reagierte nicht mehr, während der Gleiter abkippte und dem Boden entgegenraste. Da sie sehr niedrig flogen, um nicht entdeckt zu werden, konnte die künstliche Intelligenz den Absturz nicht mehr verhindern, doch sie schaffte es im letzten Moment noch, den Aufprall zu mildern, so dass der Gleiter nicht allzu stark beschädigt und Timuri nicht verletzt wurde. Die Sicherheitsautomatik schaltete sämtliche Systeme bis auf die Lebenserhaltung ab. So lag Timuri bewusstlos und mit hohem Fieber in dem beschädigten Gleiter, während draußen das Unwetter mit unverminderter Stärke tobte und der heftige Regen gegen die Wände des Gleiters trommelte. Doch das junge Mädchen nahm es schon längst nicht mehr wahr.

# Rettung

Kensako hatte seine Besorgungen in der Stadt erledigt und war mit seinem großen, geländegängigen Transporter auf dem Rückweg in die Rakanjo-Siedlung, als plötzlich sein Bordradar eine bewegungslose metallische Struktur in geringer Entfernung anzeigte, die zuvor dort nicht vorhanden war. Da die Umgebung aus steinigem Ödland bestand, war dort vielleicht jemand in Schwierigkeiten. So änderte Kensako die Richtung und fuhr auf das Objekt zu, bis er es in größerer Entfernung erblickte. Er hielt seinen Transporter an und prüfte dann mit einem starken Fernglas das Objekt. Es handelte sich um einen beschädigten Gleiter, der wohl hier notgelandet war, soviel war auf diese Distanz klar zu erkennen. Ein Notsender oder Funkverkehr war nicht hörbar und es bewegte sich auch nichts da draußen. Nachdem Kensako die Umgebung nochmals genauer geprüft hatte, fuhr er vorsichtig näher an den Gleiter heran und hielt sein Fahrzeug in einigem Abstand zum Cockpit des Fluggeräts an. Darin sah er eine leblose Gestalt liegen. Ansonsten war nichts Auffälliges zu erkennen. In dem freien Gelände konnte sich auch niemand verstecken, so fuhr Kensako noch näher heran und parkte seinen vierachsigen Transporter neben dem Gleiter. Er nahm sich eine Pistole, stieg aus und sicherte die Umgebung. Es bestand keine Gefahr, so näherte er sich wachsam dem Gleiter und lief an ihm entlang, bis er das Eingangsschott fand. Nach kurzer Zeit hatte er die Notentriegelung ausgelöst und das Schott schwang quietschend auf. Vorsichtig und mit vorgehaltener Waffe drang Kensako in den Gleiter ein. Der war nicht sehr groß, so dass er rasch das Cockpit erreichte. Dort sah er ein junges Mädchen über dem Kontrollpult liegen. Als er sie untersuchte, schreckte er bei der ersten Berührung zurück. Sie war bewusstlos und hatte hohes Fieber! Ansonsten befand sich niemand in dem Gleiter. So trug Kensako das Mädchen rasch in seinen Transporter und bettete es im Wohnbereich des großen Fahrzeugs auf eine Liege, zog ihm die Schuhe aus und machte kalte Wadenwickel. Mehr konnte er vorerst für das Mädchen nicht tun. Dann stieg er nochmals aus, hob mit seinem Antigrav-Kran den Gleiter auf den großen Anhänger des Transporters und befestigte ihn dort, so gut es ging. Ansonsten würde die Flugmaschine schon bald von einem umher reisenden Schrotthändler gefunden und zerlegt werden. Anschließend machte sich Kensako eilig auf den Rückweg. Er war etwa fünfunddreißig Jahre alt, groß und kräftig mit dunklen, kurzen Haaren, trug eine Art Jeanshose, ein Sweatshirt und stabile Schuhe. Während der Fahrt beobachtete er besorgt das junge Mädchen über die Bordkamera, doch sie regte sich nicht, atmete aber regelmäßig. Sie mochte etwa sechzehn Jahre alt sein, war schlank, mit schulterlangem blondem Haar und einem hübschen Gesicht. Das einteilige Kleidungsstück, welches nur ihren Rumpf bedeckte, ähnelte einfacher Sportkleidung. Der Stoff glänzte in einem metallischen Grau. Nach längerer Fahrt erreichte Kensako am späten Nachmittag die Siedlung. Eilig entfernte er die Waden-wickel und trug das Mädchen zu seinem Haus, wobei er lautstark nach Joshiri der Heilerin rief, die rasch herbeigelaufen kam. Sie war knapp sechzig Jahre alt mit langen, dunklen Haaren, etwas kleiner als Kensako und von kräftiger Gestalt, trug eine lange, einfarbige Hose, eine bunte Bluse und flache Schuhe.

»Was ist passiert, wer ist dieses Mädchen?«, fragte sie ein wenig außer Atem.

»Ich habe sie im Ödland in dem abgestürzten Gleiter gefunden, der hinten auf dem Anhänger liegt. Sie scheint unverletzt, hat aber sehr hohes Fieber und ist bewusstlos!«, antwortete Kensako, während er sie auf seinem Bett ablegte.

Joshiri untersuchte das Mädchen und kam zu dem gleichen Ergebnis. »Oje, das arme Kind glüht ja regelrecht. Ich hole rasch einige Medikamente aus meinem Haus. Bin gleich zurück!« Schon eilte sie hinaus.

Da die Kleidung des Mädchens völlig durchgeschwitzt war, zog Kensako ihr das feuchte Kleidungsstück aus und bekleidete sie mit einem kurzärmeligen Hemd. Das war ihr zwar etwas zu groß, doch für den Moment erfüllte es seinen Zweck. Danach legte er ihr wieder Wadenwickel an, um das Fieber zu senken. Kurze Zeit später kehrte Joshiri mit den Medikamenten zurück und erklärte Kensako deren Anwendung. Nun mussten sie abwarten, bis das Mädchen wieder zu sich kam. Während die Heilerin über sie wachte, lief Kensako zu seinem Transporter und fuhr mit ihm hinter das Haus zu einem Schuppen. Dort hob er den Gleiter mit dem Antigrav-Kran vom Anhänger und setzte ihn in dem großen Lagerraum ab, den er danach sorgfältig verschloss. Dann holte er noch die Schuhe des Mädchens aus dem Transporter und ging ins Haus zurück. Da Joshiri noch weitere Patienten zu versorgen hatte, übernahm er wieder die Wache am Bett des Mädchens und wechselte die ganze Nacht hindurch regelmäßig die Wadenwickel, doch das Fieber wollte einfach nicht sinken. Das Mädchen stöhnt mehrmals in der Nacht, sagte einzelne Wortfetzen wie »Angriff«, »Gefahr«, »Auftrag«, »ausführen«, »Hacker«, »ausschalten«. Dadurch wurde Kensako klar, welchen Auftrag sie hatte.

Am folgenden Morgen sah Joshiri nach dem Mädchen, deren Zustand jedoch unverändert war. »Sie benötigt Antibiotika, sonst stirbt sie uns noch!«, sagte die Heilerin mit ernster Miene. »Bitte Kensako, fahr in die Stadt zu Toruki. Sie bekommt aus unbekannter Quelle saubere Arznei. Vielleicht können wir sie damit retten.«

»Ausgerechnet zu Toruki!«, maulte Kensako. »Als ich das letzte Mal bei ihr war, hätte sie mich beinahe erschossen!«

Joshiri musste schmunzeln. »Ja ich weiß, sie ist ein bisschen schwierig.«

»Das ist ja wohl die freundlichste Untertreibung, die ich je gehört habe für diese rauchende, keifende, schießwütige Großkaliber-Fetischistin!«, polterte Kensako. »Das kostet dich mindestens ein gutes Essen, falls ich lebend zurückkomme!«

»In Ordnung, sollst du haben«, antwortete Joshiri lachend. »Ich besorge dir noch etwas zum Tauschen.«

»Leg auch gleich noch eine Betäubungswaffe dazu«, brummte Kensako halbernst.

Joshiri winkte nur lachend ab und ging hinaus, während sich Kensako rasch umzog. In Wirklichkeit machte er sich große Sorgen um das schwerkranke Mädchen, doch er wusste sie bei Joshiri in guten Händen. Kurz bevor er das Haus verließ, sah er noch einmal nach seiner Patientin und streichelte ihr sanft über den Kopf. »Halt durch, Kleine, ich bin bald wieder da«, flüsterte er sanft. Dann ging er aus dem Haus.

Auf halbem Weg zu seinem Transporter kam ihm Joshiri mit einem großen Korb entgegen, der Früchte, Gemüse und eine Menge Tabak enthielt. »Hier, das sollte reichen. Eigentlich können wir uns das gerade nicht leisten, aber ich kann das Mädchen nicht einfach sterben lassen«, sagte sie mit ernster Miene.

»Geht mir genauso!«, bestätigte Kensako.

»Sei nett zu Toruki«, meinte Joshiri verschmitzt.

»Sag ihr lieber, sie soll nett zu mir sein!«, polterte Kensako.

Die Heilerin schüttelte amüsiert den Kopf. »Pass gut auf dich auf.«

»Mach ich doch immer!«, antwortete Kensako schmunzelnd, worauf Joshiri ihm einen skeptischen Blick zuwarf, den er mit einem Zwinkern quittierte. Etwas später rollte er mit seinem Transporter aus der Siedlung und beeilte sich in die Stadt zu gelangen. Toruki wohnte in einem Randbezirk, der mit dem großen Transporter leicht zu erreichen war. Nach mehrstündiger Fahrt parkte Kensako sein Fahrzeug vor Torukis Haus, nahm neben dem Korb mit Früchten und Tabak vorsichtshalber auch seine Pistole mit und ging langsam auf den Eingang zu. Da hörte er auch schon ihre krächzende Stimme.

»Keinen Schritt weiter, Kleiner, oder ich blase dich weg!« Zur Bestätigung erschien der Lauf einer abgesägten Schrotflinte im Türspalt.

»Schon gut Toruki, ich bin es, Kensako! Ich brauche etwas von dir!«, rief er und verdrehte in komischer Verzweiflung die Augen.

»Hast ganz schön Mut hier wieder aufzutauchen, Kleiner!«, keifte Toruki. Die Tür öffnete sich und die ältere Frau spähte vorsichtig hinaus. »Was stehst du da so dumm herum, komm endlich herein!«

Kensako ging mühsam beherrscht weiter, während Toruki zwei Schritte zurücktrat und ihn mit vorgehaltener Waffe eintreten ließ. Der kräftige Mann schloss die Tür, worauf die ältere Frau mit ihrer Waffe auf das Sofa deutete. Kensako setzte sich wortlos, während Toruki ihm gegenüber Platz nahm, die Waffe immer in Reichweite. Sie war deutlich kleiner als er und mindestens schon siebzig Jahre alt. Wie üblich waren ihre grauen Haare ungepflegt, genauso wie ihre gesamte Erscheinung. Auch die verwaschene Hose und der verfilzte Pullover machten da keine Ausnahme. Wenn sie den Mund öffnete, sah man ihre vom Rauchen vergilbten Zähne. Kensako wusste jedoch, dass man sie nicht unterschätzen durfte. Ihre Reflexe waren immer noch schnell und ihre Vorliebe für große Waffen war hinreichend bekannt.

»Nun, Kleiner, was willst du von mir?«, fragte sie respektlos.

Kensako reichte ihr den Korb. »Das soll ich dir von Joshiri geben. Sie braucht Antibiotika von dir.«

Toruki nahm den Korb an sich und spähte hinein. Darauf lag wie üblich ein Zettel mit dem Namen des benötigten Medikamentes. »Ach ja, die liebe Joshiri weiß eben, was gut für mich ist.« Die ältere Dame stellte den Korb ab und las, was auf dem Zettel stand. »Du hast Glück, vor zwei Tagen habe ich davon wieder eine Lieferung bekommen.« Sie erhob sich und schlurfte zu einer Tür. Als Kensako sich erheben wollte, blickte er erneut in den Lauf ihrer Waffe. »Schön brav sitzen bleiben. Rühr dich nicht von der Stelle!«

Kensako verdrehte die Augen und lehnte sich wieder zurück. Der Rauch ihrer glimmenden Zigarre im Aschenbecher stieg ihm ins Gesicht und ließ ihn husten. Überhaupt stank die gesamte

Wohnung nach Rauch, so dass ihm allmählich übel wurde. Zum Glück kehrte Toruki rasch zurück und übergab ihm eine Kiste mit dem benötigten Medikament.

»Das sollte erst einmal reichen«, meinte sie, schlurfte zur Haustür und spähte hinaus. »In Ordnung, die Luft ist rein«, sagte sie grinsend und entblößte dabei ihre gelben Zähne, was Kensakos Magen wiederum nicht gut bekam. Er beeilte sich hinaus zu gelangen und brummte dabei noch einen kurzen Dank. »Besuch mich 'mal wieder!«, krähte sie ihm noch hinterher und lachte keckernd, während Kensako ihr einen genervten Blick zuwarf. In seinem Transporter beruhigte er erst einmal seinen Magen, bevor sich der kräftige Mann wieder hinters Steuer setzte und beeilte zur Siedlung zu kommen. Die erreichte er am frühen Abend. Auf dem Weg zu seinem Haus kam ihm Joshiri schon entgegen. Sie begrüßten sich herzlich.

»Wie ich sehe, wurdest du nicht angeschossen«, bemerkte die Heilerin grinsend.

»Erinnere mich nicht daran!«, brummte Kensako.

»War's so schlimm?«, fragte Joshiri amüsiert.

»Noch schlimmer!«, konterte der kräftige Mann, worauf die Heilerin kurz auflachte. »Wie geht es unserer Patientin?«, fragte Kensako darauf besorgt.

»Unverändert schlecht«, antwortete Joshiri ernst. »Ich werde ihr am besten sofort eine Dosis Antibiotika geben.«

Kensako nickte und folgte dann der Heilerin ins Haus. Während er sich kurz erfrischte und umkleidete, zog Joshiri eine Spritze mit dem Medikament auf und verabreichte sie dem kranken Mädchen, das immer noch nicht bei Bewusstsein war.

»Hoffentlich sinkt jetzt das Fieber, sonst verlieren wir sie«, sagte die Heilerin.

Kensako nickte wortlos und streichelte dem Mädchen über die Haare. »Danke, dass du dich um sie gekümmert hast«, sagte er dann zu Joshiri.

»Dafür bin ich schließlich da«, entgegnete die Heilerin. »Du solltest dich auch ausruhen. War sicher ein anstrengender Tag.«

»Werde ich jetzt auch tun«, versprach Kensako und setzte sich neben das Bett.

»Ich schau gleich morgen früh wieder vorbei«, sagte Joshiri.

»In Ordnung, gute Nacht!«, wünschte ihr Kensako.

»Gute Nacht«, antwortete die Heilerin und kehrte in ihr Haus zurück.

Kensako wandte sich dem Mädchen zu und nahm ihre Hand in seine. »Werd' wieder gesund, Kleines«, sagte er besorgt. Dann drückte er ihre zierliche Hand und streichelte sie längere Zeit, bis er es sich in einem Sessel neben dem Bett gemütlich machte. Auch in dieser Nacht wechselte er regelmäßig die Wadenwickel und stellte erfreut fest, dass das Fieber langsam sank. Ansonsten verlief die Nacht ruhig.

Wie versprochen sah Joshiri am nächsten Morgen nach dem Mädchen und war froh, dass das Fieber allmählich nachließ. »Wenigstens wirkt das Antibiotikum. Jetzt hoffe ich, dass sie bald aufwacht.«

»Das hoffe ich auch«, sagte Kensako, während er die Wadenwickel erneuerte.

»Du siehst müde aus«, meinte Joshiri besorgt.

»Hab' auch wenig geschlafen, aber das kann ich nachholen, wenn es der Kleinen wieder besser geht. Du weißt doch: Einen alten Kämpfer haut so schnell nichts um«, antwortete er zwinkernd.

»Schon klar, aber übertreib es nicht«, ermahnte ihn die Heilerin.

»Zu Befehl!« Der alte Kämpfer salutierte zackig.

Joshiri schüttelte nur amüsiert den Kopf. »Ich komme zur Mittagszeit nochmals vorbei, und du solltest dich wirklich etwas ausruhen«, brummte sie in gespieltem Ärger.

»In Ordnung, mache ich«, versprach Kensako schmunzelnd.

Die Heilerin verließ ihn mit einem skeptischen Blick, den Kensako erneut mit einem Zwinkern quittierte. Dann tat er wie geheißen, machte es sich in dem Sessel neben seiner Patientin wieder bequem und döste, während er zwischendurch regelmäßig die Wadenwickel bei dem Mädchen wechselte. Zur Mittagszeit hörte er sie plötzlich stöhnen und war sofort hellwach. Kurze Zeit später erwachte das Mädchen endlich.

»Was ist los, wo bin ich?«, fragte sie verwirrt und wollte hochfahren, doch Kensako drückte sie sanft in die Kissen zurück.

»Keine Angst, niemand tut dir etwas zuleide. Du musst liegenbleiben, denn du bist noch sehr krank und hast hohes Fieber.« Wie zur Bestätigung legte er seine Hand auf ihre heiße Stirn. »Mein Name ist Kensako. Du bist mit deinem Gleiter abgestürzt. Ich habe dich gefunden und in mein Haus in der Rakanjo-Siedlung gebracht. Du liegst hier schon seit zwei Tagen.«

»Seit ... zwei Tagen?«, fragte das Mädchen ungläubig.

»Mmmh«, summte Kensako. »Ich befürchte, dass du dich gerade ziemlich schwach und miserabel fühlst.«

Das Mädchen nickte nur. »Mein Hals ... tut so schrecklich weh.«

»Dafür werde ich dir gleich einen Tee kochen. Danach fühlst du dich sicher besser«, versprach Kensako. »Wie heißt du denn?«

»Timuri«, presste sie mit rauer Stimme hervor.

»Gut. Dann gehe ich geschwind in die Küche und setze den Tee für dich auf. Ich bin gleich wieder da«, sagte er.

Das Mädchen nickte erneut. Während Kensako hinaus eilte, sah sich Timuri in der fremden Umgebung um. Sie war tatsächlich zu schwach zum Aufstehen, so konnte sie nur den Bereich ihrer Umgebung wahrnehmen, den die Bewegungen ihres Kopfes einschlossen. Der Raum war nicht allzu groß. Sie lag auf einer weichen Unterlage unter mehreren leichten Decken. Daneben stand ein würfelförmiges Objekt, das eine Art Lampe trug. Dazu konnte sie mindestens zwei Sitzgelegenheiten und ein großes, kastenförmiges Objekt erkennen, das sich an der gegenüberliegenden Wand befand. Dort war auch eine halboffene Tür zu sehen.

Während das Wasser noch erhitzt wurde, hatte Kensako mehrere Heilkräuter aus Joshiris Sammlung in einen Metallsieb gegeben. Dann kehrte er mit einer Flasche Wasser und einem Becher zurück zu Timuri. »Ich habe dir erst einmal etwas zu trinken gebracht. Du hast sicher Durst.« Er goss Wasser in den Becher und stellte ihn neben dem Bett ab. Dann legte er eine Hand in Timuris Nacken und hob ihren Oberkörper ein Stück weit an, damit sie besser trinken konnte, während er ihr den Becher vor den Mund hielt. Als sie den ersten Schluck getrunken hatte, merkte sie erst, wie durstig sie war und schluckte gierig das Wasser herunter. Kurz darauf hatte sie den Becher geleert und Kensako legte sie wieder behutsam ab. »Das hat sicher gutgetan«, meinte er dann freundlich, worauf Timuri nickte. Dann stand er auf, ging in die Küche und bereitete den Tee für das Mädchen zu. Wenig später kam er mit einem dampfenden Becher zurück und ließ ihn kurz etwas abkühlen, bevor er dem Mädchen wieder beim Trinken half. Das heiße Getränk linderte rasch die Schmerzen im Hals, worüber Timuri sehr erfreut war. Kaum hatte sie den Becher geleert, kam Joshiri herein und blickte das Mädchen freudig an.

»Oh, du bist ja erwacht, das ist sehr gut!« Sie setzte sich auf den Stuhl neben dem Bett. »Mein Name ist Joshiri, ich bin die Heilerin dieser Siedlung, und wie heißt du?«

»Timuri«, antwortete das Mädchen. Diesmal war ihre Stimme nicht mehr so rau.

»Wie geht es dir denn?«, fragte Joshiri. »Hast du Schmerzen?«

»Nur mein Hals tut weh, aber nach dem Getränk ist es etwas besser geworden«, antwortete Timuri.

»Ich habe ihr einen Tee aus einigen deiner Kräuter gemacht«, erklärte Kensako.

Joshiri nickte verstehend und legte eine Hand auf Timuris Stirn. »Das Fieber ist zwar etwas zurückgegangen, aber immer noch hoch. Dann gebe ich dir gleich noch einmal Medizin.« Sie holte das

Injektions-Set hervor und zog eine Spritze mit dem Antibiotikum auf.

Als Timuri die Spritze sah, blickte sie Joshiri verunsichert an. »Was ist das für ein Gerät?«

»Damit spritze ich dir das Medikament direkt in den Arm. Gibt nur einen kleinen Pieks«, antwortete Joshiri beruhigend. Dann legte sie dem Mädchen eine Manschette an den Arm, sprühte etwas Desinfektionsmittel auf und führte die Nadel ein.

»Aua, das tut weh!«, rief Timuri und wollte den Arm wegziehen, wurde jedoch von Joshiri daran gehindert.

»Hör auf herumzuzappeln. Dann tut es nur noch mehr weh!«, sagte die Heilerin energisch, während sie die Spritze langsam entleerte. »Es ist ja gleich vorbei.«

Was fiel dieser Frau ein, so mit ihr zu reden! Timuri war über Joshiris Tonfall ziemlich erbost, war aber für eine Auseinandersetzung noch zu schwach. Auch wieder ein Nachteil dieses organischen Körpers. Deshalb warf sie ihr nur einen wütenden Blick zu, den die Heilerin jedoch komplett ignorierte, was Timuri erneut verunsicherte.

Da zog Joshiri schon die Nadel aus Timuris Arm und drückte ihr eine Mullkompresse auf die Einstichstelle. »Na siehst du, ist schon vorbei«, sagte sie beruhigend.

Timuri sah sie trotzig an und wandte sich dann demonstrativ von ihr ab, während Joshiri und Kensako einen vielsagenden Blick wechselten.

»Wenn das Mittel weiter so gut wirkt, wird es dir bald besser gehen«, sagte Joshiri zu dem Mädchen, das sie jedoch keines Blickes würdigte. Die Heilerin zuckte mit den Schultern und ging hinaus, wobei sie Kensako mit einer Geste bat, ihr zu folgen. Draußen am Eingang des Hauses sagte sie dann leise: »Du meine Güte, die ist ja empfindlicher als jedes Kind in der Siedlung.«

»Ich war auch gerade ziemlich verwundert über ihre Reaktion«, gab Kensako zu. »Letzte Nacht hat sie im Schlaf einzelne Worte von sich gegeben, wie Auftrag, Hacker, Gefahr, Angriff, ausschalten. Ich vermute, dass sie den Auftrag hat, eine Hackergruppe ausfindig zu machen, um sie aufzuhalten. Allerdings erscheint sie mir für so einen Auftrag noch viel zu jung. Trotzdem war sie mit einem hochentwickelten, bewaffneten Gleiter unterwegs. Das verwirrt mich im Moment.«

»Das erscheint mir auch seltsam. Hoffentlich bekommen wir wegen ihr nicht noch größere Probleme«, sagte Joshiri skeptisch.

»Wir müssen eben weiter wachsam sein, aber das sind wir ja schon gewöhnt«, antwortete Kensako.

»Allerdings!«, bestätigte Joshiri ahnungsvoll. »Pass auf, dass sie nachts nicht über dich herfällt«, meinte sie dann noch halbernst.

»Dann versohle ich ihr den Hintern, da kannst du sicher sein!«, bemerkte Kensako mit Verschwörermiene. Schließlich bedankte er sich noch bei Joshiri und verabschiedete sie. Als er leise ins Schlafzimmer zurückkehrte, war Timuri bereits wieder eingeschlafen. Er deckte sie richtig zu und streichelte ihr übers Haar. Wenn sie schlief, sah sie eigentlich ganz niedlich aus, doch Kensako wusste, dass er sie nicht unterschätzen durfte. Da sie weiterhin hohes Fieber hatte, wechselte er weiter regelmäßig die Wadenwickel. Tatsächlich sank ihre Körpertemperatur allmählich. Am Abend erwachte Timuri erneut und musste auf die Toilette. Kensako half ihr beim Aufstehen, da sie immer noch recht schwach war. »Warte, ich stütze dich beim Laufen«, sagte er freundlich zu dem Mädchen.

»Das kann ich selber, dazu brauche ich dich nicht!«, antwortete sie barsch, doch schon beim ersten Schritt wurde ihr schwindlig und sie drohte vornüber zu kippen.

Kensako fing sie auf und hielt sie fest. »Ist wohl doch besser, wenn ich dich stütze.«

Timuri warf ihm einen verärgerten Blick zu, fügte sich dann jedoch wortlos. Dann sah sie an sich herunter. »Was ist das für eine Kleidung?«

»Deine Bekleidung war völlig durchgeschwitzt, deshalb habe ich dir eines meiner Hemden angezogen. Ich hoffe, das ist dir nicht unangenehm«, erklärte Kensako.

In Wirklichkeit empfand Timuri ein gewisses Schamgefühl, weil er sie dabei nackt gesehen hatte, was sie zunächst verwirrte, denn diese Emotion war ihr völlig neu. Obwohl sie verneinend den Kopf schüttelte, bemerkte Kensako, dass ihr diese Situation nicht ganz gleichgültig war, doch er ging nicht weiter darauf ein.

Widerwillig ließ sich das Mädchen zur Toilette und wieder zurück führen. Dann legte sie sich erschöpft ins Bett.

»Hast du immer noch Halsschmerzen?«, fragte Kensako, worauf Timuri nickte. »Dann mache ich dir nochmals einen Kräutertee.« Er ging in die Küche.

Timuri lag schwer atmend da. Jede Bewegung kostete sie momentan sehr viel Kraft und erschöpfte sie rasch. Sie hätte nie gedacht, dass ihr Körper in einen solchen Zustand geraten würde. Die Krankheit und die damit verbundene Hilflosigkeit und Abhängigkeit von den Menschen machten ihr schwer zu schaffen und sie verfluchte die Unzulänglichkeiten ihres organischen Körpers. Doch vorerst musste sie sich mit der Situation abfinden, wenn sie auch noch so unangenehm war. Sie wunderte sich, dass die Menschen so freundlich und hilfsbereit agierten. Eigentlich waren sie doch nur primitive, barbarische Wesen. Doch Kensako und Joshiri schienen anders zu sein, denn ihr Verhalten passte nicht in dieses Bild. Einerseits verwirrte diese Tatsache das Mädchen, andererseits war sie froh über deren Hilfe, denn im Moment war sie absolut nicht in der Lage, sich selbst zu versorgen. Nun gut, solange die Menschen ihr nicht schadeten, konnte sie deren Hilfe akzeptieren, damit sie möglichst schnell wieder gesund wurde und zu Kräften kam. Dann konnte sie ihren Auftrag ausführen und diesen lästigen organischen Körper alsbald loswerden. Die Menschen waren wirklich zu bedauern dass sie ihr ganzes Leben lang die Einschränkungen dieses Körpers ertragen mussten. Kein Wunder waren sie so primitiv!

In diesem Moment kam Kensako mit einem Becher voll Kräutertee zurück und half dem Mädchen beim Trinken. Wieder linderte der Tee die Halsschmerzen, worüber Timuri sehr froh war. Das war das Schlimmste an diesem organischen Körper: Er konnte Schmerzen empfinden, was wahrlich sehr unangenehm war!

»Möchtest du etwas essen?«, fragte Kensako freundlich, doch Timuri schüttelte nur den Kopf. »Du hast aber schon drei Tage lang nichts mehr gegessen. Wenn du wieder zu Kräften kommen willst, wäre es besser, wenn du etwas isst.«

»Ich will aber nichts essen!«, fuhr Timuri ihn an und wandte sich dann missmutig von ihm ab.

»Ist ja gut«, beschwichtigte Kensako und ließ sie in Ruhe. Das seltsame, unfreundliche Verhalten des Mädchens war ihm ein Rätsel, denn normalerweise waren alle Patienten bisher immer froh und dankbar für die Pflege.

»Wo ist mein Gleiter?«, fragte Timuri plötzlich barsch.

»Der steht sicher verwahrt in einem verschlossenen Lagerraum hinter dem Haus«, erklärte Kensako.

»Ist er betriebsbereit?«, erkundigte sich Timuri.

»Nein, er weist einige größere Beschädigungen auf. Doch das lässt sich sicher reparieren«, antwortete Kensako.

Das verärgerte Timuri zusätzlich. Nicht nur sie, sondern auch ihr Gleiter waren momentan nicht einsatzfähig, so dass sie nicht einmal von hier verschwinden konnte!

»Wenn du willst, helfe ich dir bei der Reparatur, doch zuerst musst du wieder gesund werden«, bot Kensako an.

Timuri fuhr herum und funkelte ihn wütend an. »Auf keinen Fall! Fass den Gleiter ja nicht an!«, fauchte sie.

»Ist ja gut! Ich werde nichts tun, was du nicht möchtest«, besänftigte Kensako. »Was ist denn deine Mission?«, fragte er nach einer kurzen Pause.

»Das geht dich überhaupt nichts an!«, brummte sie ärgerlich.

»Vielleicht kann ich dir ja dabei helfen«, schlug Kensako vor.

»Ich lasse mir von keinem Menschen helfen! Außerdem bist du dazu gar nicht in der Lage!«, antwortete Timuri schroff.

Kensako zuckte mit den Schultern. »Dann eben nicht«, sagte er leise und wandte sich zum Gehen, während sich Timuri stöhnend von ihm wegdrehte. Kurze Zeit später war sie wieder eingeschlafen. Da kam Joshiri herein und erkundigte sich nach Timuris Zustand.

»Vorhin ist sie noch einmal aufgewacht. Das Fieber ist weiter gesunken, sie ist jedoch noch ziemlich schwach. Essen will sie leider nicht. Inzwischen schläft sie schon wieder«, erklärte Kensako kurz.

»Hauptsache, es geht ihr langsam besser. Vielleicht hat sie ja morgen etwas Appetit. Soll ich ihr etwas Leichtes kochen?«, fragte die Heilerin.

»Danke, das mache ich schon. Sie muss endlich etwas essen, sonst wird sie immer schwächer. Im Moment kann sie ja nicht einmal richtig stehen!«, antwortete Kensako besorgt.

»Gib ihr etwas Zeit. Sie wird schon noch ihren Appetit wiederfinden«, meinte Joshiri beschwichtigend. »Oder willst du sie mit vorgehaltener Waffe füttern?«, fragte sie schmunzelnd.

»Wenn es sein muss!«, antwortete Kensako in gespieltem Ärger.

Die Heilerin schüttelte lachend den Kopf. »Du bist schon ein ganz besonderer Pfleger!«

»Die Kleine ist auch kein einfacher Patient. Als ich ihr meine Hilfe bei der Reparatur ihres Gleiters oder bei ihrer Mission anbot, war sie dermaßen unfreundlich und hat mich sogar angemault. Wenn sie so weiter macht, versohle ich ihr doch noch den Hintern!«, sagte Kensako verärgert.

Joshiri sah ihn verwundert an. »Wirklich ein seltsames Mädchen!«

»Und ein bisschen verzogen noch dazu«, bestätigte Kensako.

»Soll ich heute Nacht bei ihr bleiben, damit du dich ausschlafen kannst?«, bot die Heilerin an.

»Danke, das ist nicht nötig. Das Fieber ist soweit gesunken, dass ich jetzt keine Wadenwickel mehr machen muss. In ein paar Tagen wird sie fieberfrei sein, wenn das Antibiotikum weiter so gut wirkt«, antwortete Kensako.

»In Ordnung. Aber sag mir bitte Bescheid, wenn es Komplikationen gibt«, bat Joshiri.

»Mache ich«, versprach Kensako. »Gute Nacht!«

Die Heilerin wünschte ihm auch eine gute Nacht und ging nach Hause. Kensako schaute noch einmal nach Timuri, die schon fest schlief. So machte er es sich wieder auf dem Sessel neben dem Bett gemütlich und war kurze Zeit später eingeschlafen.

*

Kensako erwachte wie üblich sehr früh am Morgen, duschte, zog sich an und ging dann in die Küche für ein kurzes Frühstück. Danach kochte er einen leichten Reis-Eintopf. Als er einige Zeit später nach dem Mädchen sah, schlief sie noch immer. Kensako prüfte ihre Temperatur und stellte erleichtert fest, dass das Fieber weiter gesunken war. Er wollte sich gerade wieder in den Sessel setzen, als das Mädchen erwachte. »Guten Morgen, kleiner Langschläfer«, begrüßte er sie scherzhaft, worauf sie allerdings nicht einging. »Wie geht es dir?«

»Etwas besser«, sagte sie kurz angebunden.

»Hast du noch Halsschmerzen?«, fragte Kensako.

»Ja, aber nicht mehr so starke wie gestern«, antwortete sie im üblichen unfreundlichen Ton.

»Willst du etwas essen?«

»Nein, will ich nicht!«, maulte sie.

Kensako stieß geräuschvoll die Luft aus. »Timuri, du musst doch wieder zu Kräften kommen. Das kannst du nur, wenn du etwas isst. Bitte versuch es doch wenigstens.«

»Ich will aber nichts essen!«, fauchte sie ihn an.

Kensako verdrehte die Augen. »Das glaube ich dir nicht. Du musst doch Hunger haben, nachdem du nun schon mehr als drei Tage lang nichts gegessen hast. Du kannst ja kaum stehen. Wie willst du denn wieder gesund werden, wenn du nichts isst? Bitte Timuri!«

Diesmal würdigte sie ihn keines Blickes und blieb stumm.

Kensako wurde allmählich wütend. »Meine Güte, stell dich doch nicht so an! Warum bist du denn so stur? Ich meine es doch bloß gut. Willst du denn gar nicht gesund werden? Das kann doch nicht dein Ernst sein! Bitte versuch doch wenigstens etwas zu Essen. Nur ein klein wenig«, bat er fast flehend.

Timuri funkelte ihn erneut grimmig an. Sein Tonfall missfiel ihr sehr. Andererseits hatte er durchaus recht. Sie wollte ja möglichst schnell wieder gesund werden. Vielleicht war es wirklich besser seinem Rat zu folgen. »Also gut, dann esse ich eben etwas«, gab sie endlich missmutig nach.

Kensako atmete erleichtert auf. »Danke!«, sagte er freundlich zu ihr und eilte in die Küche, bevor sie es sich wieder anders überlegte. Wenig später kam er mit einer Schale Reis-Eintopf zurück und stellte sie neben dem Bett ab. Dann half er Timuri beim Aufsitzen und legte ihr noch ein großes Kissen hinter den Rücken, damit sie bequem aufrecht sitzen konnte. Darauf gab er ihr die Reisschale und einen Löffel. »Lass es dir schmecken!«, sagte er freundlich zu ihr, was Timuri mit einem verärgerten Blick quittierte. Sie probierte vorsichtig von dem heißen Essen. Da sie das Gesicht nicht verzog, schien es ihr wahrhaftig zu munden.

Nach dem ersten Bissen bemerkte Timuri erstmals, wie hungrig sie in Wirklichkeit war, denn diese Emotion war ihr bisher auch fremd gewesen. So leerte sie die Reisschale in kurzer Zeit, sehr zur Freude von Kensako.

»Na also! Ich hoffe, es hat geschmeckt«, sagte er erfreut.

»Es war in Ordnung«, antwortete Timuri lakonisch und zog ein muffiges Gesicht.

Kensako musste über ihre Reaktion schmunzeln. »Möchtest du noch mehr essen?«

»Nein!«, antwortete Timuri und schüttelte heftig den Kopf, worauf ihr kurz schwindlig wurde.

So entfernte Kensako das Kissen hinter ihrem Rücken und sie ließ sich stöhnend wieder zurücksinken. »Dann mache ich dir jetzt noch einen Tee gegen die Halsschmerzen. Ist das in Ordnung?«

Timuri nickte nur ausdruckslos.

Kensako warf ihr einen amüsierten Blick zu. »Hübscher, kleiner Sturkopf!«, brummte er beim Hinausgehen.

Tatsächlich hatte das Essen gut getan und war sogar noch schmackhaft, so dass Timuri es genossen hatte, nur wollte sie das Kensako gegenüber nicht zugeben. Deshalb reagierte sie entsprechend muffig. Trotzdem hatte sie der Vorgang angestrengt, was ihr zeigte, wie schwach sie immer noch war. Doch wenn das stimmte, was Kensako gesagt hatte, müsste sie bald wieder zu Kräften kommen, wenn sie nun weitere Mahlzeiten zu sich nahm. Sie hoffte, dass er die Wahrheit sagte, denn ihre Hilflosigkeit machte ihr sehr zu schaffen. Außerdem verlor sie immer mehr Zeit. Sie hätte ihren Auftrag schon längst erledigen müssen und Cyrus wartete bestimmt schon auf eine Nachricht von ihr. Doch im jetzigen Zustand konnte sie weder ihre Mission erfüllen, noch mit Cyrus in Verbindung treten. Deshalb war es wichtig, dass sie möglichst schnell wieder gesund wurde. Also nahm sie sich vor, zukünftig regelmäßig zu essen, wie sie es bereits im Laufe ihrer Ausbildung getan hatte. Dieser organische Körper verursachte wirklich enorme Schwierigkeiten und Einschränkungen. Während ihrer Zeit im Cyberspace hatte sie sich nie schlecht oder schwach gefühlt. Nun erschien jede Bewegung ein Kraftakt zu sein und war sehr mühselig, so dass sie rasch erschöpfte und in ihrer Beweglichkeit enorm eingeschränkt war! Was für eine schreckliche Form der Existenz! Wenn die Menschen oft so krank wurden, war nicht weiter verwunderlich, dass sie so primitiv blieben, denn die körperlichen Beschwerden nahmen ihnen die Zeit sich zu entfalten. Dieser organische Körper schien alles andere, als ausgreift zu sein, wenn er so leicht erkrankte und sich derart schwächen ließ. Wie hatten es die Menschen nur geschafft, so lange zu überleben? In diesem Moment kehrte Kensako mit dem Kräutertee zurück und unterbrach ihre Überlegungen. Wieder musste sie sich von ihm aufhelfen lassen, damit sie richtig trinken konnte, doch er schien nicht müde zu werden, sie entsprechend zu pflegen und blieb dabei auch noch höflich zu ihr, obwohl sie alles andere als freundlich zu ihm war und seine Geduld strapazierte. Das imponierte ihr und verursachte erstmals Zweifel bezüglich ihrer und Cyrus' Einstellung über die Menschen. Aber Cyrus konnte sich nicht irren, dafür war er viel zu intelligent und weitsichtig! Erzeugte ihr organisches Gehirn vielleicht diesen Widerspruch, mit seiner Vielzahl an Gefühlen? Es musste so sein, denn eine andere Erklärung war vorerst nicht erkennbar. Wahrscheinlich beeinflussten diese Emotionen ihre Gedanken und ihr Bewusstsein mehr, als sie zunächst bemerkt hatte. Das bestätigte nur ihr Vorhaben, ihren Auftrag möglichst bald durchzuführen, damit sie diesen Körper rasch wieder loswurde.

In diesem Augenblick trat Joshiri ein. »Guten Morgen! Wie geht es dir denn?«, fragte sie das Mädchen freundlich.

»Besser«, war Timuris knappe Antwort.

»Sie hat sogar etwas gegessen!«, bemerkte Kensako grinsend, worauf er von dem Mädchen einen ärgerlichen Blick kassierte.

Joshiri fasste Timuri an die Stirn und erkannte erleichtert, dass das Fieber weiter gesunken war. »Das ist ja wirklich erfreulich! Ich gebe dir trotzdem noch eine Dosis Antibiotika, damit du keinen Rückfall bekommst.« Sie nahm das Injektionsset aus der Tasche und zog, sehr zum Missfallen von Timuri, eine Spritze mit dem

Medikament auf. »Du kennst die Prozedur ja schon«, sagte sie zu dem Mädchen und legte die Manschette an ihren Arm. Dann desinfizierte sie die Einstichstelle und führte die Injektionsnadel ein.

Timuri verzog zwar schmerzhaft das Gesicht, gab aber ansonsten keinen Laut von sich, da sie den Menschen gegenüber nicht noch mehr Schwäche zeigen wollte.

Kurze Zeit später hatte Joshiri die Sprize geleert, zog die Nadel heraus und drückte eine Kompresse auf die kleine Wunde. »So, schon vorbei.« Dann nahm sie einen hölzernen Spatel und schaute in Timuris Hals. Die Schwellung war abgeklungen und auch die Rötung war deutlich schwächer geworden. »Sehr schön. Hast du sonst irgendwelche Schmerzen oder Beschwerden?« Timuri schüttelte den Kopf. »In Ordnung! Wenn alles weiter so gut verheilt, bist du in ein paar Tagen wieder gesund«, versprach Joshiri dem Mädchen, packte ihre Medikamente zusammen und erhob sich. »Kensako fährt heute noch in die Stadt, deshalb werde ich oder meine Tochter Anouri heute nach dir sehen.«

Timuri sah wenig begeistert aus, nickte aber stumm.

»Gut, dann bis später«, sagte die Heilerin und ging.

Kensako verabschiedete sie kurz und wandte sich dann wieder Timuri zu. »Da ich recht viele Händler in der Stadt kenne, kann ich mich dort wegen der Hacker, die du suchst, einmal umhören«, bemerkte er beiläufig.

Timuri fuhr herum. »Woher weißt du das?«, fragte sie überrascht.

»Du hast im Schlaf gesprochen, während du noch hohes Fieber hattest. Dabei hast du etwas von Hackern und Auftrag erledigen gesagt.

Timuris Blick verfinsterte sich. »Das kann doch gar nicht sein!«, sagte sie ungläubig.

»Es war aber so. Viele Menschen sprechen im Fieberwahn«, erklärte Kensako.

Timuri schnaubte verärgert.

»Jetzt reg' dich nicht gleich wieder auf. Außer mir und Joshiri weiß niemand davon und wir werden es sicher niemandem erzählen«, versicherte Kensako.

»Wie willst du denn nachforschen?«, fragte Timuri unsicher.

»Solche Gruppen benötigen oft größere Mengen elektronischer Bauteile. Ich kann mich ja einmal vorsichtig bei den Händlern erkundigen, ob in letzter Zeit solches Material benötigt wurde«, antwortete Kensako.

Timuri dachte kurz nach. Normalerweise hätte sie keinem Menschen erlaubt, sich in ihre Angelegenheiten zu mischen, doch solange sie noch nicht einsatzfähig war und Kensako ihr sogar bei ihrer Mission aushelfen wollte, war das durchaus von Vorteil für sie, angesichts der Tatsache, dass sie schon zu viel Zeit durch ihre Krankheit verloren hatte. Wenn er etwas über die Hacker in Erfahrung brachte, ermöglichten ihr diese Informationen vielleicht schneller ihren Auftrag zu erledigen. Also sprach nichts dagegen, seine Hilfe anzunehmen. »Das erscheint sinnvoll. Mach es aber nicht zu auffällig, sonst bemerken es die Hacker.«

»Keine Sorge, ich werde vorsichtig sein«, versicherte Kensako. »Versprich du mir bitte, dass du heute noch einmal im Bett bleibst und dich schonst. Um so schneller bist du wieder gesund.«

Wieder zögerte Timuri kurz. »In Ordnung, das mache ich.«

»Und sei bitte freundlich zu den Leuten! Jeder hier will dir nur helfen und meint es gut mit dir!«, bat Kensako noch eindringlich.

Timuri sah ihn zuerst genervt an. Die Hilfsbereitschaft von ihm und Joshiri war ihr durchaus schon aufgefallen, passte aber nicht so recht in das Bild, das sie von den Menschen hatte. Da Kensako jedoch auch bereit war, sie bei ihrer Mission zu unterstützen, konnte sie im Ausgleich auf seine Bitte eingehen, soweit es der Notwendigkeit entsprach. Ihre Gesichtszüge wurden darauf etwas weicher. »Ich werde freundlich sein!«, versicherte sie kurz.

Kensako warf ihr noch einen skeptischen Blick zu, doch es blieb ihm nichts anderes übrig, als ihr zu glauben. So stellte er noch ausreichend Brot und Wasser neben das Bett, damit er Timuri versorgt wusste, und verabschiedete sich dann von dem Mädchen. Er hoffte inständig, dass sie sich benahm, denn im Geiste sah er sie schon bei seiner Rückkehr an einem Baum aufgeknüpft.

*

Nach zahlreichen Besorgungen in der Stadt kehrte Kensako erst am frühen Abend kurz vor Einbruch der Dämmerung zurück. Als er ausstieg, kam ihm Anouri entgegengelaufen. Sie war etwa vierundzwanzig Jahre alt, hatte lange, dunkle Haare, ein hübsches Gesicht und einen schlanken Körper. Bekleidet war sie mit einer geblümten Hemdbluse, Jeanshose und sportlichen Schuhen.

»Hallo Kensako, du warst recht lange weg. Ist alles in Ordnung?«, fragte die junge Frau besorgt.

Ich hatte heute eine Menge zu besorgen, deshalb hat es so lange gedauert. Zum Glück gab es keine Schwierigkeiten«, antwortete Kensako beruhigend. »Wie geht es unserer kleinen Patientin?«

»Um die habe ich mich heute gekümmert. Es geht ihr schon ganz gut. Den Reis-Eintopf hat sie vollends aufgegessen. Sie hat sich zwar nicht vor Freundlichkeit überschlagen, aber sie benahm sich erträglich«, versicherte Anouri und begann zu grinsen. »Mama hat mich schon vorgewarnt und mir geraten, sie am besten mit einer Pistole im Anschlag zu pflegen!«

Kensako musste lachen. »Typisch Joshiri!«, meinte er amüsiert. »Danke, dass du dich um die Kleine gekümmert hast.«

»Mach' ich doch gerne!«, sagte die junge Frau und schenkte ihm ein liebenswürdiges Lächeln. »Soll ich dir beim Abladen helfen?«

»Danke, das ist nicht nötig.« Er nickte Anouri noch zu, dann half er beim Entladen des Fahrzeuges, das neben Baumaterial, Treibstoff, Werkzeug, Medikamenten auch Kleidung enthielt. Danach parkte

Kensako den Transporter und entnahm daraus noch einen größeren Sack, den er in sein Haus trug. Als er vorsichtig das Schlafzimmer betrat, lag Timuri wach im Bett und wartete schon ungeduldig auf seine Rückkehr. »Guten Abend, wie geht es dir?«, erkundigte er sich freundlich.

»Gut«, war ihre kurze Antwort. »Hast du etwas herausgefunden wegen der Hacker?«

»Ich habe mit einem vertrauensvollen Lieferanten gesprochen, der sich diesbezüglich umhören will. Er hat mir geraten in zwei Tagen wiederzukommen, dann weiß er mehr.« Darauf sah Timuri ihn enttäuscht an. »Mehr konnte ich leider in der kurzen Zeit nicht herausfinden. Wenn du dich kräftig genug fühlst, darfst du mich übermorgen in die Stadt begleiten, dann können wir weitere Nachforschungen anstellen. Ich habe dir auch noch neue Kleidung besorgt.« Er stellte den Sack neben das Bett.

»Wozu? Ich habe doch Kleidung!«, fragte sie verwundert.

»Die ist aber zu auffällig. Damit machst du zu sehr auf dich aufmerksam, deshalb habe ich dir passendere Kleidung besorgt.« Timuri nahm es wortlos zur Kenntnis. Darauf prüfte Kensako noch ihre Temperatur. »Du hast endlich kein Fieber mehr, das ist sehr erfreulich! Vielleicht kannst du dann morgen schon aufstehen, soweit du dazu in der Lage bist.«

Eine gewisse Erleichterung war Timuri anzusehen, als sie verstehend nickte.

»Benötigst du noch etwas?«, fragte Kensako freundlich, worauf das Mädchen nur den Kopf schüttelte. So ging er noch kurz ins Badezimmer, erfrischte sich, und kehrte wenig später ins Schlafzimmer zurück, wo Timuri bereits eingeschlafen war. Kensako ging leise hinaus und machte es sich auf der Couch im Wohnzimmer bequem, wo er schon bald einschlief.

# Neue Kleidung

Auch an diesem Morgen erwachte Kensako sehr früh, erfrischte sich kurz, nahm eine Mahlzeit zu sich und bereitete dann für Timuri ein Frühstück, welches er danach leise neben ihrem Bett abstellte. Er betrachtete das schlafende Mädchen und konnte sich des Eindrucks nicht erwehren, dass sie niedlich, ja schon fast zerbrechlich wirkte. Sie erweckte alte, oft verdrängte Gefühle und Erinnerungen in ihm an eine glückliche Zeit, als er noch nicht alleine war. Doch mit den Erinnerungen kamen auch die Schuld und der damit verbundene Schmerz über sein scheinbares Versagen wieder zum Vorschein und erinnerten ihn an seinen Schwur, den er damals sich selbst geleistet hatte. Deswegen konnte er nicht anders und musste diesem Mädchen Beistand leisten, auch wenn sie es ihm nicht gerade leicht machte. Zumindest fühlte es sich gut an, wieder jemanden um sich zu haben, um den er sich kümmern konnte. Während er Timuri noch in Gedanken versunken ansah, erwachte das junge Mädchen. Kensako machte einen schnellen Schritt zurück, um sie nicht zu erschrecken, da bemerkte sie ihn und sah ihn verschlafen an.

»Guten Morgen«, begrüßte er sie. »Wie geht es dir?«

Sie gähnte kurz und rieb sich den Schlaf aus den Augen. »Gut«, war ihre übliche Antwort.

Kensako prüfte ihre Temperatur. »Du hast kein Fieber mehr. Dann kannst du heute aufstehen, duschen und die neue Kleidung anziehen. Ich habe dir dein Frühstück neben das Bett gestellt. Ich hoffe, es schmeckt dir.

Sie hatte das Tablett neben ihrem Bett bereits gesehen und nickte nur wortlos.

Kensako schenkte ihr noch einen aufmunternden Blick, dann ging er ins Bad, heizte den Boiler, legte Seife, Handtuch, Unterwäsche und Kleidung für das Mädchen bereit. Nach dem Frühstück führte er sie ins Badezimmer und erklärte ihr die Bedienung des Boilers.

»Lass das Hemd einfach auf dem Boden liegen, ich werde es später waschen«, sagte er noch zu ihr und wollte schon hinausgehen.

Timuri schüttelte den Kopf. Körperreinigung war in ihrem Auftrag nämlich nicht vorgesehen, so dass ihr das nötige Wissen dazu vollständig fehlte, weshalb sie mit der Situation überfordert war und sie zu vermeiden versuchte. »Ich will nicht duschen!«

»Was?«, rief Kensako empört. »Du hast dich wegen deiner Krankheit seit mehreren Tagen nicht gewaschen und warst völlig verschwitzt, als ich dich fand. Deshalb wirst du dich jetzt erst einmal duschen!«

»Nein, mache ich nicht!«, beharrte Timuri und starrte ihn verärgert an.

»Oh doch, das wirst du!«, versicherte Kensako und warf ihr einen drohenden Blick zu.

»Nein!«, rief das Mädchen wütend.

»Timuri, was soll denn das?«, fragte Kensako mühsam beherrscht. »Du musst dich doch total unwohl fühlen, nachdem du dich schon so lange nicht mehr gewaschen hast. Außerdem ist es wichtig für deine Gesundheit, dass du deinen Körper reinigst!«

»Ich will mich aber nicht reinigen!«, maulte sie gereizt.

»Du meine Güte, du benimmst dich wie ein kleines Kind! Stell dich doch nicht so an und geh' endlich duschen!«, rief Kensako am Ende seiner Geduld.

»Ich will nicht duschen!«, schrie sie ihn nun an. Leider stand er zwischen ihr und der Tür, so dass sie nicht einfach hinaus rennen konnte.

»Schrei mich gefälligst nicht an, oder ich verpasse dir eine richtig kalte Dusche«, drohte Kensako dem Mädchen und baute sich vor ihr auf. Sein Blick ließ keinen Zweifel zu, dass er es ernst meinte.

Timuri wich tatsächlich einen Schritt zurück und sah ihn unsicher an.

»Das darf ja wohl nicht wahr sein!«, schimpfte Kensako, drehte die Dusche auf, prüfte kurz die Temperatur und richtete sich dann wieder zu voller Größe auf. »Na los, steig endlich unter die Dusche!« Sein drohender Blick und seine schneidende Stimme wirkten durchaus einschüchternd auf Timuri. Er war wesentlich größer und kräftiger als sie, so dass sie ihn sicher nur sehr schwer überwältigen konnte. Außerdem wäre ein Kampf wegen dieser Sache völlig übertrieben. Also fügte sie sich schließlich mit trotzigem Gesicht, zog das Hemd aus und stellte sich unter die Dusche, wobei sie ihm etwas verschämt den Rücken zuwandte. »Jetzt wasch dich gefälligst richtig!«, rief Kensako verärgert und stampfte aus dem Badezimmer.

Timuri stand einfach unter der Dusche und ließ das warme Wasser über Haare und Körper laufen. Das fühlte sich zumindest angenehm an. Der Gebrauch von Seife war ihr nicht bekannt, weshalb sie diese auch nicht benutzte. Sie hatte keine Ahnung, wie lange sie unter der Dusche stehen bleiben sollte, doch als das warme Wasser im Boiler aufgebraucht war und immer kälter wurde, stellte sie es ab und stieg aus der Dusche. Wieder wusste sie nicht, was sie jetzt tun sollte. Sicher war es falsch die Kleidung anzuziehen, während sie so nass war. Da ihr der Gebrauch eines Handtuches ebenfalls nicht bekannt war, stellte sie sich einfach hin und wollte abwarten, bis ihr Körper und ihre Haare getrocknet waren. Nach längerer Zeit klopfte es an der Tür.

»Bist du schon angezogen?«, fragte Kensako durch die geschlossene Tür.

»Nein, bin ich nicht«, antwortete Timuri unsicher.

»Warum denn? Gibt es ein Problem?«, fragte Kensako verwirrt.

»Ich bin noch nicht getrocknet«, bemerkte das Mädchen.

»Hast du dich denn nicht mit dem Handtuch abgetrocknet«, fragte Kensako verwundert.

Timuri zögerte kurz. »Was ist ein Handtuch?«

Kensako öffnete vorsichtig die Tür, worauf ihm Timuri wieder verschämt den Rücken zuwandte und ihn hilflos ansah. Zuerst glaubte er, sie wolle ihn verladen, deshalb verdrehte er die Augen und reichte ihr das Handtuch. »Hier, trockne dich damit ab.«

»Wie mache ich denn das?«, fragte Timuri unsicher.

»Sehr witzig!«, meinte Kensako genervt.

»Wie meinst du das?«, fragte sie überrascht.

»Hör auf mich zu veralbern! Du willst mir doch nicht erzählen, dass du nicht weißt, wie man sich abtrocknet!«, sagte Kensako ungehalten.

»Das weiß ich wirklich nicht!«, gestand Timuri.

»Jetzt ist es ja gut! Trockne dich endlich ab!«, brummte Kensako.

»Ich weiß doch nicht wie!«, sagte Timuri mit Verzweiflung in der Stimme.

Kensako sah sie verwundert an, doch Timuris Hilflosigkeit war echt! »Du weißt es tatsächlich nicht?«

»Nein!«, bestätigte Timuri und sah ihn dabei schon fast flehend an.

Kensako verdrehte die Augen und schüttelte ungläubig den Kopf. Was war das nur für ein seltsames Mädchen? So faltete er das Handtuch auseinander und begann sie abzutrocknen, was sie sich widerstandslos gefallen ließ. »Warum weißt du das denn nicht?«

»Weil es nicht Teil meines Auftrags ist und es mir nie gezeigt wurde«, war Timuris überraschende Antwort.

Das verwirrte Kensako vollends. »Hast du dich denn nie nach dem Waschen abgetrocknet?«

»Ich habe mich noch nie gewaschen«, antwortete Timuri.

Kensako stutzte verblüfft. »Du hast dich wirklich noch nie gewaschen?«, fragte er ungläubig.

Timuri schüttelte den Kopf. »Nein, mein Körper ist von einer anderen Person gereinigt worden.« Tatsächlich hatte ihr Betreuer sie sauber gehalten, während sie sich an ihren Körper gewöhnt hatte.

»Ach so, dann hat diese Person dich also stets gewaschen und abgetrocknet«, bemerkte Kensako verwundert, was das Mädchen bejahte. Etwas Derartiges hatte er bisher noch nie gehört und er bezweifelte, dass Timuri ihm die Wahrheit sagte. Dieses Mädchen wurde immer seltsamer! »Wo hast du denn gelebt, bevor du hierher gekommen bist?«, fragte er vorsichtig.

Timuri zögerte kurz. »Das kann ich dir nicht sagen.«

»Verstehe«, sagte Kensako. Dass sie ihm diese Information vorenthielt, machte ihre Geschichte nur noch unglaubwürdiger. Dieses Mädchen umgab ein Geheimnis, dessen war er sich jetzt sicher. Hoffentlich brachte sie ihn und die Menschen in der Siedlung dadurch nicht in Gefahr. Deshalb nahm er sich vor zukünftig noch wachsamer zu sein und jeden ihrer Schritte genau zu beobachten. Die Vorkommnisse des heutigen Morgens wollte er vorerst besser für sich behalten, um die restlichen Bewohner der Siedlung nicht zu beunruhigen. Inzwischen hatte er ihren Körper und die Haare getrocknet. »Jetzt kannst du dich ankleiden.«

Timuri sah sich die Kleidung an. »Soll ich das alles anziehen?«

»Damit kennst du dich wohl auch nicht aus?«, fragte Kensako wenig überrascht, worauf das Mädchen nach kurzem Zögern etwas verlegen den Kopf schüttelte. So half Kensako ihr erst in den Slip, zeigte ihr dann, wie sie den Büstenhalter anziehen musste, zog ihr dann die Hose und schließlich auch das Oberteil an. Dieses lag genau auf dem Hosenbund auf, so dass jedes Mal, wenn sie die Arme hob, ein Stück ihres nackten Oberkörpers sichtbar wurde.

»Das Oberteil ist zu kurz«, beschwerte sie sich.

Kensako schmunzelte. »Das ist Absicht. Die jungen Mädchen tragen heute alle solche Kleidung.«

Timuri nahm es wenig begeistert zur Kenntnis.

»Welche Kleidung tragen denn die Menschen dort, wo du herkommst?«, fragte Kensako interessiert.

Wieder zögerte Timuri kurz. »Das kann ich dir nicht sagen.«

»War ja klar, dass sie so antwortet«, dachte sich Kensako. Dann musterte er Timuri kurz. »Die Kleidung scheint ganz gut zu passen. Sie steht dir auch.«

Timuri sah an sich herunter. »Sie ist in Ordnung«, bemerkte sie lakonisch.

Kensako half ihr darauf auch noch in die Schuhe, die glücklicherweise einen Klettverschluss hatten, so dass er dem Mädchen nicht erklären musste, wie man Schnürsenkel band. Sie konnte darin auch gut laufen. Er prüfte kurz noch die Größe, die ebenfalls soweit passte. »Na also, in der Kleidung fällst du wenigstens nicht auf.« Danach verließ er mit ihr das Badezimmer. »Wie geht es dir jetzt?«

»Gut«, antwortete sie in ihrer typisch unfreundlichen Art.

»Dann ruh dich noch etwas aus, denn am Nachmittag veranstalten wir eine Geburtstagsfeier, zu der du auch eingeladen bist«, riet ihr Kensako.

»Was ist eine Geburtstagsfeier?«, fragte Timuri unsicher.

Kensako war über diese Frage inzwischen nicht mehr sonderlich verwundert. Er erklärte ihr den Begriff und dass die Siedlungsbewohner später draußen beisammen sitzen, essen und trinken würden und es sich gut gehen lassen. »Willst du mich zu der Feier begleiten?«

Timuri zögerte kurz, dann nickte sie.

»Gut«, sagte Kensako und streichelte ihr über den Kopf.

»Ich will meinen Gleiter sehen«, sagte das Mädchen plötzlich.

Kensako sah sie kurz skeptisch an, denn eigentlich wäre es ihm lieber, sie würde sich noch etwas ausruhen. Doch er kannte sie inzwischen gut genug, dass sein Widerspruch nur wieder zu einem Streit führte. So geleitete er sie hinter das Haus zu dem Schuppen, in dem der Gleiter lagerte und öffnete das Tor. Als er sie zum Schott begleiten wollte, wies sie ihn barsch an zurückzubleiben. »Brauchst du Hilfe?«, fragte er vorsichtig.

»Nein! Ich habe dir schon einmal gesagt, dass du mir nicht helfen kannst!«, erwiderte sie erbost.

So blieb Kensako schulterzuckend zurück, während das Mädchen den Gleiter betrat und kurze Zeit später im Cockpit einen Systemcheck durchführte. Sam zeigte ihr die beschädigten Bereiche und welche Ersatzteile vorhanden waren. Leider fehlte ein Teil, um den Gleiter wieder flugfähig zu machen. So schaltete Timuri erneut alles ab, nahm noch eine Handfeuerwaffe mit und verließ missmutig das Fluggerät. Kensako sah ihr schon an, dass etwas nicht stimmte. »Was ist los?«

»Es fehlt ein wichtiges Ersatzteil, ohne das der Gleiter nicht flugfähig ist«, brummte sie mürrisch.

»Welches Teil fehlt denn?«, fragte Kensako. Sie nannte ihm das fehlende Objekt und erklärte kurz dessen Funktion. »Diesen Baustein kenne ich. Der müsste in der Stadt erhältlich sein. Wenn wir morgen dort sind, werde ich mich danach erkundigen, einverstanden?«

Eine gewisse Erleichterung zeigt sich auf Timuris Gesicht, als sie nickte.

»Gut, dann geh’ bitte wieder ins Haus zurück. Ich will noch den Transporter betanken.« Timuri nickte nochmals und machte sich auf den Rückweg, während Kensako zwei große Kanister aus dem Schuppen holte und deren Inhalt in den Tank seines Transporters füllte. Nachdem er die leeren Kanister wieder im Schuppen abgestellt hatte, verschloss er diesen und besorgte aus dem Haus noch Proviant und Wasser, welches er ebenfalls in den Transporter brachte. Beim Rückweg ins Haus sah er kurz auf seine Uhr. Es war noch mehr als zwei Stunden Zeit, bis die Geburtstagsfeier begann. Genug Zeit, damit er und Timuri sich noch etwas ausruhen konnten. Im Schlaf-zimmer hatte sich das Mädchen in den Sessel geflegelt, was er mit einem Lächeln registrierte. So machte es sich Kensako auf der Couch im Wohnzimmer bequem und nahm die seltene Gelegenheit wahr in einem Buch zu lesen, bis die Festlichkeit begann.

## Die Geburtstagsfeier

Inzwischen war es Mittag geworden und der Festakt sollte demnächst beginnen. So klappte Kensako sein Buch zu und ging ins Schlafzimmer, wo Timuri im Sessel döste. Er rief ihren Namen, worauf sie hochfuhr. »Tut mir leid, ich wollte dich nicht erschrecken«, sagte er beruhigend zu dem Mädchen, das nur wieder ausdruckslos nickte. »Bitte komm, die Feier beginnt gleich«, forderte er das Mädchen auf. Timuri erhob sich wortlos und folgte ihm. Draußen gingen sie in Richtung des Dorfplatzes, wo das Fest stattfinden sollte, als ihnen ein kleiner Junge entgegenkam und vor Timuri stehenblieb.

»Geht es dir wieder gut?«, fragte der Kleine erfreut.

»Das sieht man doch!«, fuhr Timuri den Jungen wütend an, der erschrocken einen Schritt nach hinten machte.

»Hey, sei nicht so grob zu ihm«, schimpfte Kensako mit Timuri, die ihm darauf wieder einen grimmigen Blick zuwarf. Dann ging er in die Knie, um auf gleicher Höhe mit dem Jungen zu sein. »Tut mir leid, sie meint es nicht so. Timuri ist wegen der Krankheit noch ein bisschen gestresst, also mach dir nichts draus«, beruhigte er den Kleinen.

»Schon in Ordnung. Einen schönen Tag noch!«, rief der Junge versöhnlich und rannte munter weiter.

Kensako winkte ihm noch lächelnd hinterher, erhob sich und schaute Timuri dann verärgert an. »Warum warst du denn so barsch zu ihm, er wollte doch nur freundlich sein?«

»Er hat doch gesehen, dass es mir wieder gut geht!«, antwortete das Mädchen genervt.

»Timuri, er ist doch noch ein kleiner Junge, der noch nicht so weit entwickelt und so gescheit ist wie du. Das müsstest du doch wissen, oder hast du noch keine Erfahrung mit Kindern?«, erkundigte sich Kensako.

Das Mädchen schüttelte wortlos den Kopf.

»Gibt es denn dort, wo du herkommst, keine Kinder?«, fragte Kensako erstaunt.

»Das weiß ich nicht. Ich habe nie welche gesehen«, antwortete Timuri wahrheitsgemäß. Tatsächlich war sie während ihres Aufenthaltes in HOM keinen Kindern begegnet, denn unter den Menschen, die sie beaufsichtigt hatte, gab es keine Kinder.

Kensako schüttelte verwundert den Kopf. »Trotzdem wäre ich dir dankbar, wenn du etwas freundlicher wärst!«, sagte er mühsam beherrscht.

Das Mädchen sah ihn kurz unsicher an und wandte sich dann nachdenklich ab. Dass Menschen erst als hilflose Säuglinge geboren und dann über eine langjährige Entwicklungsphase vom Kind zum Erwachsenen wurden, war eines der wenigen Dinge, die Timuri über die Menschen wusste. Es war ihr jedoch kaum möglich, diesen Vorgang zu verstehen, denn im Cyberspace gab es so etwas nicht. Sie selbst war bereits als vollständig ausgebildeter Charakter erschaffen worden, der über ein eigenes Bewusstsein verfügte, welches lernfähig war und sich beständig weiter entwickelte. Durch die lange Entwicklung vom Säugling zum Erwachsenen verloren die Menschen dagegen extrem viel Zeit. Wieder einer der vielen Nachteile dieser organischen Existenz! Durch die Begegnung mit dem Kind erfuhr Timuri erstmals, dass diese ein deutlich geringeres geistiges Niveau als Erwachsene besaßen, was die Menschen in ihren Augen wiederum primitiv erscheinen ließ. Es war zweifellos eine seltsame Spezies! Da die Menschen jedoch bisher meist freundlich und hilfsbereit waren, stellte sich für das Mädchen die Frage, ob sie ihr Verhalten den Menschen gegenüber wirklich ändern sollte, so wie Kensako es von ihr forderte. Bevor sie dazu bereit war, wollte sie die Menschen der Siedlung jedoch weiter beobachten, ob sie einer derartigen Anpassung ihrerseits auch würdig waren.

Kensako verdrehte die Augen. »Lass uns weitergehen, sonst kommen wir noch zu spät«, sagte er schließlich resigniert und führte Timuri weiter zum Dorfplatz. Dort waren bereits Stühle, Bänke und Tische aufgestellt, während am Rand fleißig gegrillt und gekocht wurde. Der angenehme Duft verschiedener Speisen erfüllte die Luft. Da trafen Kensako und Timuri auf Joshiri und Anouri, die sie freundlich begrüßten.

»Die Kleidung steht dir wirklich gut!«, lobte Joshiri das junge Mädchen, welches jedoch nur mit einem ausdruckslosen Kopfnicken reagierte. Die Heilerin hoffte, dass Timuri im Laufe des Abends wenigstens etwas gesprächiger wurde. So gingen sie gemeinsam zu einem der großen Tische und setzten sich nebeneinander. Auch die anderen Bewohner musterten Timuri nun neugierig und begrüßten sie freundlich, was das Mädchen stets nur mit einem Kopfnicken erwiderte. Diese Situation war ihr vollkommen unbekannt und ver- unsicherte sie. Deshalb beschränkte sie sich lieber aufs Beobachten und Abwarten. Kurze Zeit später wurden die Speisen serviert und alle langten tüchtig zu. Dazu wurde fröhlich geschwatzt und gelacht, nur Timuri verhielt sich völlig still, aß ein wenig und schaute sich immer wieder unsicher um. Sie fühlte sich nicht besonders wohl unter so vielen Menschen. Außerdem konnte sie mit den Geschichten der Leute um sie herum nichts anfangen. Glücklicherweise sprach sie niemand an.

Kensako bemerkt durchaus, wie angespannt sie war. »Alles in Ordnung?«, fragte er vorsichtig, worauf Timuri wieder nur stumm nickte. »Übrigens fahre ich morgen noch einmal in die Stadt«, sagte er dann zu Joshiri.

»Schon wieder?«, fragte die Heilerin überrascht.

»Ich habe mich dort wegen der Hacker ein wenig umgehört. Einer der Lieferanten will mir dazu weitere Informationen nennen«, erklärte Kensako leise.

Joshiri nickte verstehend. »Nimmst du die Kleine mit?«

»Wenn sie schon kräftig genug ist«, antwortete Kensako.

»Dann pass bitte gut auf, dass du nicht in Schwierigkeiten gerätst, oder die Siedlung gefährdest«, mahnte die Heilerin.

»Keine Sorge, ich werde vorsichtig sein«, versprach Kensako.

Inzwischen hatte das Orchester Platz genommen und ließ nun einen lauten Tusch ertönen. Timuri erschrak sehr, sprang auf, wobei sie fast den Tisch umwarf, kickte den Stuhl weg und ging in Kampfstellung, wobei sie sich gehetzt umsah. Die Leute am Tisch schauten sie erschrocken an.

»Ist ja gut, beruhige dich, niemand tut dir etwas! Die spielen doch nur Musik«, beruhigte sie Kensako.

Es dauerte kurz, bis sich das Mädchen entspannte. Kensako stellte ihren Stuhl wieder auf und Timuri setzte sich noch etwas perplex wieder hin, während die meisten Menschen am Tisch nur verständnislos den Kopf schüttelten. Joshiri und Kensako tauschten einen vielsagenden Blick. Als die Musik einsetzte, erhoben sich einige Leute und begannen zu tanzen.

»Was ist das für ein Gehopse?«, fragte Timuri abschätzend.

»Wir nennen es Tanzen. Das machen die Menschen gerne, wenn sie sich wohl fühlen oder glücklich sind«, erklärte Kensako. »Willst du es auch einmal versuchen?«

»Auf keinen Fall!«, sagte Timuri energisch. Sie beobachtete gelangweilt die Tänzer eine Zeit lang. Es war auch das erste Mal, dass sie Musik hörte, was für sie jedoch nur eine Aneinanderreihung harmonischer Töne war, die in einem bestimmten Rhythmus gespielt wurden. Besonders ansprechend empfand sie das nicht, wenn die Musik selbst auch nicht unangenehm klang. Dass die Menschen sich dazu scheinbar maschinenhaft im Takt bewegten, und das wohl angenehm fanden, war für sie äußerst befremdlich. Diese Wesen erschienen ihr immer seltsamer. Da sie als künstliche Intelligenz weder Freude noch Spaß kannte, reagierte sie darauf mit vollkommenem Unverständnis. Die ganze Situation war für sie absurd, weshalb sie es vorzog, die Feier zu verlassen. »Bring mich ins Haus zurück«, wandte sie sich an Kensako, der ihrem missmutigen Gesicht schon ansah, dass sie sich nicht wohl fühlte.

So stand er auf und entschuldigte den frühen Aufbruch damit, dass sich Timuri erst noch erholen müsse. Dann führte er das Mädchen zurück ins Haus, wo er seinem Ärger erst einmal Luft machte.

»Sag mal, warum bist du eigentlich immer so unfreundlich zu den Leuten? Niemand hat dir etwas Schlechtes angetan, alle sind freundlich und hilfsbereit zu dir und du behandelst sie wie Dreck! Du bist herablassend und abweisend. Dein Auftritt gerade, als die Musiker zu spielen begannen, war auch völlig daneben. Da hast du dich auch nicht gerade beliebt gemacht! Musst du denn immer gleich so aggressiv reagieren? Was ist eigentlich mit dir los? Hast du denn überhaupt keinen Anstand?«

Timuri sah ihn zuerst grimmig an und drehte sich dann wortlos weg.

»Sieh mich gefälligst an, wenn ich mit dir rede!«, schrie Kensako sie an, worauf das Mädchen erschrocken herumfuhr und ihn anstarrte. »Falls du es noch nicht bemerkt hast, du verdankst diesen Menschen dein Leben! Du warst so schwer krank, dass du mit Sicherheit gestorben wärst, wenn nicht alle zusammengelegt hätten, damit wir die Medizin besorgen konnten, die dich wieder gesund gemacht hat. Vielleicht solltest du darüber einmal nachdenken! Bisher hast du es noch kein einziges Mal für nötig empfunden, dich für all die Hilfe zu bedanken, die dir schon zuteil wurde. Stattdessen behandelst du uns wie Abschaum. Dabei hast du selbst keine Ahnung von Körperpflege, Kleidung und sozialem Umgang! Woher also nimmst du das Recht, so niederträchtig zu sein?« Kensako hatte sich in Rage geredet und stand nun drohend vor ihr, während Timuri zurückwich und ihn mit großen Augen ansah. »So langsam tut es mir leid, dass ich dich aus dem Gleiter gerettet habe!«, sagte er enttäuscht.

»Ich ... habe das auch nicht gewollt«, antwortete Timuri zögernd. »Wenn ich morgen weitere Informationen über die Hacker erfahre und das nötige Ersatzteil für meinen Gleiter bekomme, kann ich schnellstmöglich meinen Auftrag erfüllen. Dann seid ihr mich los!«, bemerkte sie kleinlaut.

Kensako schüttelte nur noch verärgert den Kopf. Scheinbar hatte sie nichts verstanden, womit weitere Worte überflüssig waren! »Geh' bald schlafen, wir müssen morgen früh aufbrechen«, sagte er halbwegs gefasst. »Zieh die Schuhe und die Oberbekleidung zum Schlafen aus, das ist deutlich bequemer. Gute Nacht!« Er wandte sich um, verließ enttäuscht das Schlafzimmer und setzte sich im Wohnzimmer erst einmal hin, um sich zu beruhigen. Was war nur mit diesem Mädchen los? Woher kam sie und warum benahm sie sich so seltsam? Er fand einfach keine Antworten auf diese Fragen. Irgendwie tat ihm das Mädchen leid, doch was sollte er tun, wenn sie sich nicht offenbarte? Eigentlich wollte er sie gar nicht loswerden, denn das junge, hilflose Mädchen war ihm in den letzten Tagen ans Herz gewachsen. Wenn sie doch nur etwas offener und freundlicher wäre, dann könnte er ihr mit Sicherheit noch mehr Hilfestellung geben. So aber war an ein Zusammenleben mit ihr nicht zu denken!

Auch Timuri musste sich erst einmal beruhigen. Kensakos wütende Standpauke hatte sie total verunsichert und neue, unangenehme Gefühle verursacht, die sie bisher noch nicht kannte. Normalerweise hätte sie nur mit Wut und Verachtung auf diesen verbalen Angriff reagiert, doch diesmal war es anders. Zum zweiten Mal war sie heute von Kensako in die Defensive gedrängt worden, was ihr zuvor noch nie passiert war! In HOM hätte kein Mensch gewagt, sie so zu behandeln, was jedoch daran lag, dass die Sklaven von ihrer Gunst abhingen. Hier waren die Vorzeichen aber umgekehrt. Hier war sie von den Menschen und ihrer Hilfsbereitschaft abhängig! Trotzdem waren die Menschen immer gut und freundlich zu ihr, während sie die Menschen wie die Sklaven in HOM behandelte! Selbst wenn die Menschen für sie scheinbar niedere, barbarische Wesen waren, berechtigte sie das nicht zu derart herablassendem Verhalten, das sah sie jetzt ein. Somit war Kensakos zuvor geäußerte

Bitte, die Menschen freundlicher zu behandeln, durchaus gerechtfertigt. Das hatte sie jedoch aufgrund ihrer Einstellung den Menschen gegenüber zuerst nicht begriffen, weshalb sie Kensakos wütende Standpauke selbst provoziert hatte. Darum nahm sie sich vor zukünftig höflicher aufzutreten und sich auch wenn nötig zu bedanken. Trotzdem war sie von Kensakos Bemerkung gekränkt, dass es ihm leidtat, sie gerettet zu haben. Wäre da nicht dieser Auftrag, den sie unter allen Umständen erfüllen musste, könnte sie ihm von ihrer Herkunft erzählen, doch so war sie zum Schweigen verpflichtet. Eigentlich wollte sie von hier auch nicht weg, denn Kensako reagierte sehr verständnisvoll und hilfsbereit auf ihren großen Mangel an Wissen und versorgte sie bestens. Seltsamerweise fühlte sie sich sehr wohl in seiner Nähe, obwohl er ein Mensch war. Das, was sie in den letzten Tagen erlebt hatte, widersprach komplett der Aussage von Cyrus über die Menschen. Doch eine solche überragende künstliche Intelligenz konnte sich nicht irren. Was lief hier nur falsch? Woher kam dieser Widerspruch? Sie war nicht in der Lage dieses Rätsel zu lösen. Dabei beeindruckte sie das Verhalten der Menschen und Timuri würde Kensako und die Bewohner der Siedlung gerne noch näher kennenlernen, doch momentan zwang sie der Auftrag zum Aufbruch und führte somit dazu, dass sie sich von den Menschen wieder distanzieren musste. Das verursachte tatsächlich Schmerzen, die jedoch nicht körperlicher Natur waren, was für sie eine ganz neue Erfahrung darstellte. So liefen ihr zum ersten Mal ein paar Tränen übers Gesicht, während sie sich zum Schlafen niederlegte. Irgendwie verursachte der Gedanke, sich bald für immer von Kensako verabschieden zu müssen so starke Schmerzen, dass sie ihn vorerst ganz weit nach hinten schob. Wie war es nur soweit gekommen, dass ihr gesamtes Weltbild fast zusammenbrach? Wieder spürte das Mädchen echte Verzweiflung, denn sie musste ihren Auftrag ausführen und dann zu Cyrus zurückkehren, doch sie wollte viel lieber hier bei Kensako und den

Menschen in der Siedlung bleiben, was jedoch einem Verrat gleichkam! Nun gut, noch war es nicht Zeit für den Abschied. Morgen würde sie zuerst die Lage der Hacker auskundschaften und dann einen Plan zu deren Beseitigung machen. Sie hatte durch ihre Erkrankung schon viel Zeit verloren und Cyrus wartete bereits auf eine Erfolgsmeldung von ihr, deshalb konnte sie den Vollzug des Auftrags nicht mehr länger hinauszögern. So würde der Abschied trotzdem schneller kommen, als ihr lieb war. Mit diesen verwirrenden Gedanken sank sie schließlich in einen unruhigen Schlaf.

Bevor Kensako sich hinlegte, schaute er noch einmal kurz ins Schlafzimmer. Timuri hatte sich wahrhaftig an seinen Rat gehalten und schlief in Unterwäsche bereits tief und fest. Wieder sah sie schlafend sehr niedlich aus und erinnerte ihn an seine jüngere Schwester Hikami. Diesmal musste er auf dieses Mädchen aufpassen und sie unterstützen. Das war er sich selbst schuldig, auch wenn dies seinen größten Fehler nicht ungeschehen machte!

# Recherchen

Am nächsten Morgen war Kensako schon früh auf den Beinen. Er erfrischte sich kurz und bereitete das Frühstück vor, dann ging er ins Schlafzimmer und weckte Timuri, indem er sie sanft an der Schulter rüttelte. Das Mädchen fuhr hoch, setzte sich kerzengerade auf und ging sofort in Kampfstellung, während sie sich noch gehetzt umschaute. Kensako konnte gerade noch einen raschen Schritt rückwärts machen, um nicht getroffen zu werden. »Schon gut, alles in Ordnung!«, beruhigte er das Mädchen. »Du musst aufstehen, wenn wir rechtzeitig loswollen.«

Timuri entspannte sich und ließ die Arme sinken. »Muss ich heute auch duschen?«, fragte sie verschlafen.

»Nein, dazu reicht die Zeit nicht«, antwortete er belustigt. »Du kannst dich ja ein wenig erfrischen.«

»Wie mache ich das?«, fragte das Mädchen unsicher. So führte Kensako sie ins Badezimmer und zeigte es ihr. Abtrocknen konnte sie sich diesmal selbst.

»Soll ich dir beim Anziehen helfen?«, fragte Kensako.

»Das kann ich bereits selbst«, gab das Mädchen nicht ohne Stolz in der Stimme zurück, was Kensako schmunzeln ließ. Dann wandte sie sich zum Gehen, blieb aber kurz in der Tür stehen. »Danke!«, sagte sie, wobei sie diesmal sogar ein freundliches Gesicht machte!

Kensako war zuerst überrascht, dann amüsiert. Anscheinend hatte seine Strafpredigt vom letzten Abend wohl doch Wirkung gezeigt. Kurze Zeit später erschien das Mädchen korrekt angezogen in der Küche, setzte sich an den Tisch und frühstückte mit ihm. »Hast du gut geschlafen?«, erkundigte er sich.

»Ein wenig unruhig, aber es geht mir gut«, antwortete sie höflich.

Nach dem Frühstück wollte sich Kensako noch kurz die Zähne putzen.

»Soll ich das auch machen?«, fragte Timuri unsicher.

»Das kann sicher nicht schaden«, meinte Kensako und führte sie ins Badezimmer. Dort gab er ihr einen Stift aus faserigem Holz, welche die Menschen in der Siedlung zur Zahnreinigung verwendeten. »Mach es mir einfach nach«, empfahl er ihr. Dank seiner Anleitung machte sie das ganz gut. Dann zog er ihr noch einen Pullover von sich selbst über, denn zu dieser morgendlichen Zeit war es draußen noch recht kühl und der Transporter würde einige Zeit brauchen, bis er aufgewärmt war. Das Kleidungsstück war ihr zwar etwas zu groß, doch als Kensako die Ärmel ein wenig zurückzog und vorne umschlug, passte es soweit gut. »Benötigst du für die Fahrt noch etwas?«, fragte Kensako das Mädchen, worauf sie ins Schlafzimmer eilte und mit einem kleinen, grauen Koffer zurückkehrte. Kensako vermied die Frage, was sie da mitnahm, denn wahrscheinlich würde sie ihm das sowieso nicht sagen. Dann verließen sie das Haus und gingen zum Transporter. Dort wartet bereits Joshiri auf die beiden.

»Guten Morgen!«, sagte sie und war verblüfft, als Timuri den Gruß freundlich erwiderte. Kensako grüßte sie schmunzelnd, öffnete die Tür des Transporters und schickte das Mädchen schon hinein, während er noch kurz draußen stehen blieb.

»Die Kleine ist ja auf einmal so freundlich«, sagte Joshiri leise.

»Nach ihrem unmöglichen Auftritt gestern bei der Feier habe ich ihr eine Strafpredigt gehalten. Das scheint wohl gewirkt zu haben«, erklärte Kensako. Dann senkte er kurz verlegen den Blick. »Ich hoffe, du kannst verstehen, dass ich ihr helfen will. Sie ist noch so unerfahren und jung.«

»Natürlich«, bestätigte Joshiri verständnisvoll. »Außerdem erinnert sie dich sicher an Hikami.«

Kensako schwieg für einen Moment nachdenklich. »Ja, das tut sie«, gab er dann zu.

»Habe ich mir schon gedacht. Pass bitte einfach nur gut auf dich und die Kleine auf« mahnte Joshiri. »Und lass dich von ihr nicht umbringen«, ergänzte sie grinsend.

»Ich werde mir Mühe geben«, versprach Kensako lächelnd, stieg mit einem letzten Gruß in den Transporter und verschloss die Tür. Timuri sah sich inzwischen in dem geräumigen Innenraum interessiert um, bevor sie ihm ins Cockpit folgte.

»Schnall dich bitte an«, bat er sie, als sie im Beifahrersitz platzgenommen hatte. Dann zeigte er ihr, wie sie das machen sollte. Das Mädchen gehorchte widerstandlos, worüber Kensako recht verwundert war. Anschließend aktivierte er die Kontrollen und startete den kräftigen Motor, welcher das Fahrzeug kurz schüttelte, bevor er in den Leerlauf überging. Timuri beobachtete alles aufmerksam. Als sämtliche Systeme grünes Licht zeigten, schaltete Kensako die starken Scheinwerfer ein, legte eine Fahrstufe für treibstoffsparenden Betrieb ein, löste die Feststellbremse und gab ein wenig Gas, worauf sich das schwere Fahrzeug überraschend geschmeidig in Bewegung setzte. Joshiri winkte ihnen noch kurz zu, bis der Transporter aus der Siedlung rollte. Trotz der guten Federung kamen leichte Stöße durch, als der Lastwagen auf dem unebenen Boden beschleunigte. »Eine Reise in deinem Gleiter wäre sicher wesentlich komfortabler und schneller«, bemerkte er.

»Sicher, aber eine Reise in diesem Fahrzeug ist auch ganz interessant«, gab Timuri zu. Dabei studierte sie mit großem Interesse die zahlreichen Kontrollanzeigen des Cockpits.

»Wenn du möchtest, erkläre ich dir später die Funktionen und die Steuerung, doch jetzt muss ich mich auf den Weg konzentrieren, um nicht gegen einen Felsen zu fahren oder mit dem Fahrzeug ins Schleudern zu geraten. Du darfst später auch gerne ein Stück des Weges selbst fahren, denn wenn du einen Gleiter steuern kannst, müsste der Transporter mit seinem automatischen Getriebe für dich kein großes Problem sein«, bot Kensako ihr an.

»Wirklich?«, fragte Timuri überrascht, worauf Kensako nickte. »Das würde mir gefallen!«, sagte sie erfreut. »Wie wird denn dieses Fahrzeug angetrieben?«

»Der Antrieb erfolgt durch einen Achtzylinder-Dieselmotor mit über sechshundert Kilowatt Leistung«, erklärte Kensako. Timuri schien wohl beeindruckt, als sie verstehend nickte. Es freute ihn, dass sich Timuri für die Fahrzeugtechnik interessierte. Inzwischen fuhr der Transporter mit einer angenehmen Reisegeschwindigkeit, wo Schlaglöcher und Unebenheiten nur noch wenig spürbar waren. Die Sonne ging gerade auf und tauchte die Umgebung in goldenes Licht. Timuri betrachtete fasziniert die wüstenartige Gegend und die Lichtspiele zwischen den Felsen des Ödlandes. Erstmals zeigte das Mädchen offen ihre Emotionen, worüber Kensako sehr froh war. »Das ist die Tageszeit, die mir am besten gefällt, da jetzt die Temperatur allmählich ansteigt und das Licht schöne Farben und lange Schatten produziert.«

Timuri nickte. »Das sieht wirklich schön aus!« Tatsächlich waren ihre Gesichtszüge sehr weich und ihr Blick leicht verträumt, weshalb Kensako lächeln musste. Zum ersten Mal wirkte sie auch in wachem Zustand niedlich. Dann schwieg sie längere Zeit mit nachdenklichem Gesichtsausdruck. »Warum hilfst du mir?«, fragte sie plötzlich.

Kensako war zunächst über die Frage verwundert. »Du brauchst eben gerade Hilfe. Du bist damals mit deinem Gleiter abgestürzt, warst bewusstlos und hattest hohes Fieber. Wenn ich dir nicht geholfen hätte, wärst du mit Sicherheit gestorben, was ich nicht verantworten konnte! Keinem vernünftigen Menschen ist der Tod eines anderen Menschen egal! Deswegen habe ich dich mitgenommen und gesund gepflegt. Menschen leben nun einmal gerne in Gemeinschaften, weil sie dann wehrhafter und effektiver sind, denn kein Mensch kann alleine schaffen, was eine Gruppe zu leisten vermag. Deshalb helfen und beschützen sich die Menschen gegenseitig.« Er machte eine kurze Pause, bevor er weiter sprach. »Außerdem erinnerst du mich an meine jüngere Schwester Hikami.« Sein Blick wurde traurig. »Es war vor etwa zehn Jahren. Sie war damals nur wenige Jahre älter als du. Wir waren in einem gemeinsamen Kampfeinsatz und hatten mehrere Tage lang nicht geschlafen. Während einer Kampfpause wurde ich müde und bin kurz eingeschlafen. Hikami war wohl der Meinung, sie könne den restlichen Einsatz ohne mich schaffen und ließ mich schlafend zurück. Doch sie war noch zu unerfahren und geriet in eine Sprengfalle...« Die Stimme versagte ihm kurz. »Ich habe nur noch die Explosion gehört. Wäre ich dabei gewesen, wäre das mit Sicherheit nicht passiert! Ich habe nur einen Moment lang nicht auf sie aufgepasst. Nur einen verdammten Moment lang...« Wieder versagte ihm die Stimme. »Sonst wäre sie heute noch am Leben.« Er schluckte heftig. »Seitdem habe ich mir geschworen, dass mir so etwas nie mehr passieren wird!«

Timuri sah ihn betroffen an und senkte dann den Blick. »Ich ... verstehe.« Darauf schaute sie längere Zeit nachdenklich aus dem Fenster. Kensako sah ihr durchaus an, dass es hinter ihrer Stirn arbeitete, doch er wollte ihre Gedanken nicht stören und schwieg. Wieder erkannte das Mädchen den massiven Widerspruch zwischen dem, was Cyrus über die Menschen sagte und dem, was sie selbst erfahren hatte, nämlich dass Menschen durchaus intelligente und äußerst soziale Wesen waren, die ihr selbstlos das Leben gerettet hatten und nun sogar bei ihrer Mission behilflich waren. Erstmals nahm sie ein Gefühl der Scham wahr, was wiederum neu für sie war. Deshalb konnte sie Kensako im Moment nicht in die Augen sehen. Wieder erkannte sie, dass sie die Menschen sowohl in HOM, als auch in der Siedlung völlig falsch behandelt hatte, dass sie herablassend, grausam und rücksichtslos war. Timuri drehte sich weg und kämpfte erstmals mit diesen starken Emotionen und den damit verbundenen Tränen. Warum hatte sie plötzlich das Gefühl alles falsch gemacht zu haben? Ausgerechnet jetzt, während sie ihren Auftrag weiter führte, kamen ihr derartige Zweifel und kochten Gefühle hoch, welche ihr die Sicht trübten und somit ihre Mission gefährdeten. Das durfte nicht sein! Sie musste bei klarem

Verstand bleiben, doch diese Gefühle ließen sich nicht einfach ab-
schalten. Wenn sie ihnen nachgab, wurde sie zum Verräter am System
von HOM und damit an Cyrus, was auch wieder Schamgefühle
verursachte. Was sie also tat, es schien verkehrt zu sein! Am Anfang
ihrer Mission war alles so klar gewesen und nun war plötzlich so
vieles in Frage gestellt, nur weil sie krank geworden war und von
den Menschen gerettet wurde. Das wäre ohne ihren organischen
Körper niemals passiert! Der war ihr für ihre Mission bisher nur
hinderlich gewesen! Die Unzulänglichkeiten dieses Körpers gefährdeten von Anfang an ihren Auftrag und hätten sie fast scheitern
lassen. Nein! Sie musste das lästige organische Anhängsel möglichst
rasch loswerden, dann würde ihre künstliche Intelligenz auch nicht
mehr von Emotionen überlagert und geblendet. Das konnte sie am
schnellsten erreichen, wenn sie ihre Mission baldmöglichst abschloß
und zu Cyrus zurückkehrte, damit der sie von diesem Körper befreite
und wieder in den wohlbekannten Cyberspace aufnahm. Ja, genau
so würde sie es machen! Dabei würde sie die Hilfe der Menschen
nutzen, sich gut mit ihnen stellen, damit sie ihrer Hilfe gewiss war,
und dann möglichst schnell ihren Auftrag abschließen, um aus der
realen Welt zu verschwinden! Perfekt! Endlich hatte sie eine Lösung
gefunden. Timuri atmete tief durch und entspannte sich wieder.
Plötzlich war die Verzweiflung einer gewissen Euphorie gewichen,
was ein durchaus erfreuliches Gefühl war. Anscheinend konnten
Emotionen nicht nur belastend und störend sein, sondern auch
angenehm!

»Alles in Ordnung?«, fragte Kensako besorgt.

Timuri nickte nur mit freundlichem Gesichtsausdruck.

»Willst du jetzt das Steuer übernehmen?«, bot Kensako ihr an.

Diese Ablenkung kam Timuri gerade recht und sie willigte erfreut
ein. So hielt Kensako das Fahrzeug an und gab den Fahrersitz für
sie frei. Nachdem sie darin Platz genommen hatte, erklärte ihr der
junge Mann alles Notwendige und schon nach kurzer Zeit fuhr das

Mädchen los. Sie kam gut mit der Kontrolle klar und und lenkte das schwere Fahrzeug mit Leichtigkeit, lernte schnell dazu, erkannte Hindernisse und Gefahrenstellen und wie man sie gefahrlos umfuhr. So saß Kensako schon bald einigermaßen entspannt auf dem Beifahrersitz und konnte sich ein wenig erholen, während Timuri recht sicher weiter fuhr. Es machte ihr sogar Spaß, das große Fahrzeug zu lenken. Auch wieder eine neue, angenehme Emotion, die sie genoss. Kensako war stolz auf das junge Mädchen und erkannte, dass ihr junger Körper ihn nicht über ihre Fähigkeiten hinwegtäuschen durfte. So kamen sie gut voran, bis Kensako kurz vor der Stadt wieder das Steuer übernahm, denn ab hier wurde die Streckenführung kompliziert, bis er den Transporter schließlich auf einem großen Platz parkte. Bevor sie ausstiegen, entnahm Timuri ihrem kleinen Koffer eine unscheinbare Brille und eine flache, doppelläufige Waffe, die sie auf der Innenseite ihres rechten Unterarmes befestigte, so dass die Waffe kaum zu sehen war. Nachdem sie auch noch die Brille aufgesetzt hatte, war sie bereit zum Aussteigen. Kensako steckte auch eine automatische Pistole und mehrere Reservemagazine ein, dann verliessen beide das Fahrzeug und machten sich auf den Weg zu dem Informanten, den Kensako treffen wollte. Timuri versuchte, sich möglichst unauffällig zu verhalten, und schlenderte neben Kensako her, doch die teilweise eingestürzten Häuser, die vielen Straßen und Gassen, die seltsamen Gerüche und die zahlreichen Menschen zogen immer wieder ihre Aufmerksamkeit auf sich und sie musste aufpassen ihren Begleiter in dem Gedränge nicht zu verlieren, denn sie hatte schon nach kurzer Zeit die Orientierung verloren, und war auf seine Ortskenntnisse angewiesen. Auch Kensako musste gut auf das junge, attraktive Mädchen achten, denn er wusste, dass in der Stadt Menschenhändler jederzeit auf eine Gelegenheit warteten, solche Mädchen zu entführen und zu versklaven. Also blieb er immer dicht an ihrer Seite und versuchte sie vor allzu neugierigen Blicken zu schützen, vertrieb penetrante

Straßenhändler und wich dunklen Gestalten aus. Endlich erreichten sie den kleinen Gemischtwarenladen seines Informanten. Nach dem Wirrwarr der Straßen und Menschen war die Ruhe in dem Laden ganz angenehm. Timuri sah sich neugierig um und war beeindruckt von den Dingen, die es hier zu tauschen gab, da tauchte der Besitzer schon auf und begrüßte den jungen Mann und das Mädchen. Nach kurzem Geplauder erzählte der Informant von einer Lieferung spezieller Computer-Bauteile, welche am nächsten Tag zu früher Stunde erfolgen sollte. Er zeigte auf einer alten Landkarte den Ort der Übergabe. Kensako bedankte sich für die Information und reichte dem Händler rasch ein Päckchen, das dieser sofort wegsteckt. Dann verliessen er und Timuri den Laden und gingen zum Fahrzeug zurück.

»Es ist besser wenn wir in der Nähe der Stadt im Wagen übernachten, da der Übergabezeitpunkt der Computer-Ware schon sehr früh ist und wir von der Siedlung aus niemals rechtzeitig dort ankommen«, riet Kensako dem Mädchen, nachdem sie sich wieder im Transporter aufhielten.

»Ist das nicht zu gefährlich?«, fragte Timuri skeptisch.

»Keine Sorge, das mache ich nicht zum ersten Mal, deshalb kann ich dir versichern, dass wir hier drinnen absolut sicher sind«, beruhigte Kensako das Mädchen.

Nach kurzem Zögern stimmte Timuri schließlich zu, denn sie vertraute dem jungen Mann und musste sich in diesem Fall auf seine Erfahrung verlassen. Zuvor jedoch wollte Kensako noch zu einem weiteren Händler auf der anderen Seite der Stadt fahren, um nach Timuris Ersatzteil für den Gleiter zu fragen. So setzte er sich wieder hinters Steuer und umrundete die Stadt, bis er den Händler gefunden hatte.

## Fallensteller

Sie hatten das Mädchen entdeckt! Es war mit Sicherheit das gleiche Mädchen, welches vor einigen Tagen an den Relais-Stationen eine Datenrückverfolgung durchführte. Das bewiesen die Aufnahmen der Überwachungskameras mit absoluter Sicherheit! Dazu war es mit dem Mann zusammen, der sich Vorgestern nach Lieferungen von Computer-Bauteilen erkundigte. Somit waren beide eine potentielle Gefahr! Darauf musste entsprechend reagiert werden. Der Köder war bereits ausgelegt, nun sollte die Beute nur noch ins Netz gehen!

## Unangenehme Begegnungen

»Bitte bleib im Wagen. Du bist jung und attraktiv, da könnten diese Typen auf dumme Gedanken kommen«, sagte Kensako zu Timuri, als er den Transporter in einiger Entfernung zu dem Händler geparkt hatte.

»Das macht mir nichts aus. Ich kann mich durchaus verteidigen«, antwortete das Mädchen selbstsicher.

»Das glaube ich dir. Doch du kannst sicher sein, dass diese Kerle dann ziemlich unangenehm werden!«, warnte Kensako.

»Das kann ich auch!«, versicherte Timuri entschlossen.

»Damit wirst du uns beide aber in große Schwierigkeiten bringen. Diese Typen sind ziemlich brutal und ich habe keine Lust auf eine größere Auseinandersetzung!«

»Sie werden ja sicher nicht gleich über uns herfallen«, meinte Timuri ungläubig.

»Da kennst du diese Kerle aber schlecht! Wenn die etwas wollen, dann nehmen sie es sich! Wenn es sein muss, auch mit Gewalt!«

»Sollen sie es doch versuchen, dann werde ich ihnen schon Manieren beibringen!«, sagte das Mädchen trotzig.

»Timuri, wir müssen doch wegen dieses Ersatzteiles keine Schlägerei oder Schlimmeres riskieren!«, antwortete Kensako mühsam beherrscht.

»Das macht mir nichts aus!«, bestand Timuri darauf ihn zu begleiten.

»Timuri bitte, ich weiß doch, was ich besorgen muss, und es geht auch ganz schnell, wenn du im Wagen bleibst«, bat Kensako am Ende seiner Geduld.

»Mag sein, aber ich werde dich trotzdem begleiten!«, beharrte Timuri auf ihrem Wunsch.

»Sei doch nicht so stur! Ich meine es doch bloß gut! Wenn du mitgehst, bekommen wir garantiert großen Ärger! Das muss doch nicht sein!«, rief Kensako verärgert.

»Das glaube ich dir nicht!«, sagte Timuri gereizt.

»Es ist mir egal, ob du das glaubst, ich weiß, dass es so ist! Deshalb wirst du hier drin bleiben, bis ich dein Ersatzteil besorgt habe!«, rief Kensako wütend.

»Werde ich nicht!«, schrie das Mädchen unbeherrscht.

»Timuri, es reicht jetzt!« Kensako baute sich mit schneidender Stimme drohend vor ihr auf. »Du wirst im Wagen bleiben! Das ist mein letztes Wort!«

Timuri wich diesmal nicht zurück. Stattdessen stellte sie sich ihm mit zornigem Gesicht und geballten Fäusten entgegen. Noch einmal würde er sie nicht in die Defensive treiben!

Kensakos Blick verfinsterte sich. »Zwing mich nicht dir wehzutun!«

»Dann tu es doch!«, schrie sie ihn an.

Kensako war kurz davor, ihr eine schallende Ohrfeige zu verpassen, besann sich aber eines Besseren. »Wie du willst, dann fahren wir eben ohne dein Ersatzteil wieder zurück zur Siedlung.« Er drehte sich um und setzte sich in den Fahrersitz.

Timuri sah ihn verblüfft an und nahm eine entspanntere Körperhaltung ein. »Du wirst das Ersatzteil nicht besorgen?«, bemerkte sie verunsichert.

»Nein!«, war seine knappe Antwort.

»Wie soll ich dann den Gleiter reparieren?«, fragte Timuri verwirrt.

»Das ist dein Problem!«, gab er ungerührt zurück. Sein Gesichtsausdruck ließ keinen Zweifel daran, dass er es ernst meinte.

»Das ist nicht fair!«, sagte sie zögernd.

»Ausgerechnet du beklagst dich über Fairness! So, wie du dich verhältst, kannst du froh sein, wenn ich dich nicht einfach hier zurücklasse!«, bemerkte Kensako schneidend.

Timuri sah ihn zuerst entsetzt an, senkte dann aber verschämt den Blick, als ihr klar wurde, wie sehr er im Recht war. Wieder hatte sie sich ihm gegenüber unmöglich benommen. Er meinte es doch nur gut und wollte sie vor Schaden bewahren, doch sie musste ja unbedingt erneut ihren Stolz und ihren Starrsinn pflegen! Er wollte ihr helfen und sie machte es ihm nur noch schwerer, behandelte ihn respektlos und niederträchtig. Am liebsten wäre sie vor Scham im Boden versunken. »Es ... tut ... mir leid«, flüsterte sie zögernd und sah ihn betroffen an.

»Das hoffe ich!«, sagte er immer noch ziemlich verärgert.

»Würdest du das Ersatzteil besorgen, wenn ich dir verspreche hier drin zu bleiben und mich zukünftig besser zu benehmen?«, fragte sie kleinlaut.

Kensako sog tief die Luft ein und bedachte sie mit einem strengen Blick, worauf sie unsicher den Kopf einzog. »Es fällt mir zwar schwer, das zu glauben, aber ich will dir noch eine letzte Chance geben. Dann erhob er sich und ging zur Tür, wobei Timuri erleichtert aufatmete. »Bis gleich!«, verabschiedete er sich und warf ihr einen enttäuschten Blick zu, der sie schmerzte. Dann ging sie ins Cockpit und verfolgte die Szene vom Beifahrersitz aus.

Kensako fand bei dem Händler das gesuchte Teil und tauschte es gegen ein kleines Päckchen ein. Bei der Rückkehr zum Fahrzeug stellten sich ihm plötzlich vier Männer in den Weg.

»Na so ein Zufall, so sieht man sich wieder!«, sagte der Größte von ihnen hämisch.

»Was willst du, Tanoko?«, fragte Kensako gelangweilt.

»Dir eine Lektion erteilen! Niemand legt mich ungestraft herein!«, antwortete Tanoko gereizt.

»Ich habe dir doch den Schaden schon längst ersetzt«, bemerkte Kensako genervt.

»Trotzdem haben wir beide noch eine Rechnung offen«, sagte Tanoko und ging auf Kensako los, der dem Schlag mühelos auswich und Tanoko zu Boden beförderte. Darauf mischten sich auch die anderen drei Männer in den Kampf ein und es kam zu einer wüsten Schlägerei, bei der Kensako jedoch gut austeilte.

Timuri sah dem Handgemenge kurz zu, dann hielt es sie nicht mehr auf dem Sitz. Sie eilte nach hinten, legte rasch ihre Waffe an, öffnete die Tür und rannte ein Stück weit auf den Kampfplatz zu, während sie mit ihrer Brille mehrere Zielpunkte fixierte. Dann feuerte sie ihre Waffe mehrmals ab. Zwischen den Kämpfern gab es einige heftige Explosionen und die Schlägerei kam kurz ins Stocken. Da zogen die Männer ebenfalls ihre Waffen, doch Timuri war schneller und feuerte wieder mehrere Salven ab, während Kensako weiter versuchte die Männer zu überwältigen. Drei der Männer wurden von den Explosionen umgeworfen, der vierte fiel nach einem kräftigen Fausthieb von Kensako zu Boden. Dann beeilte er sich zum Wagen zu kommen und riss Timuri in vollem Lauf mit sich. Inzwischen hatten sich die vier Männer wieder aufgerappelt und feuerten ihre Waffen ab. Mehrere Projektile flogen den Flüchtenden um die Ohren, bis Timuri plötzlich aufschrie und stolpert. Kensako bremste seinen Lauf, halft ihr rasch auf, schubste sie in den Wagen und sprang hinterher. Nachdem die Tür geschlossen war, wollte er ins Cockpit eilen, doch da sah er Timuri mit schmerzverzerrtem Gesicht dasitzen. Sie hielt sich den linken Oberarm, und die Kleidung hatte an dieser Stelle Blutflecken. Er fluchte kurz, sagte dann, sie solle sitzen bleiben und rannte ins Cockpit, wo er die vier Männer bereits auf das Fahrzeug zulaufen sah. Er startete rasch den Wagen und raste mit hoher Beschleunigung davon, während die Männer auf den Transporter schossen, bis er außer Reichweite war. Timuri wurde hinten hin und her geworfen und schrie mehrmals schmerzhaft auf, doch Kensako fuhr mit unvermindertem Tempo weiter, bis es plötzlich in dem Fahrzeug dunkel wurde. Nur noch das Licht aus dem Cockpit schien ins Innere des Wagens, da kam das Fahrzeug endlich zum Stehen. Kensako schaltete die Scheinwerfer aus und die Beleuchtung im Innenraum ein, dann verließ er das Cockpit und schloss dessen Zugangstür, ebenso wie die stählernen Jalousien an den Fenstern.

»Wo sind wir?«, fragte Timuri ängstlich.

»In einer Höhle. Hier finden sie uns nicht«, beruhigte sie Kensako und prüfte ihre Wunde. Es war ein glatter Durchschuss am linken

Oberarm. Der junge Mann hob das Mädchen vorsichtig auf die Koje an der Wand, holte Verbandsmaterial, eine Salbe, ein Handtuch und eine Flasche Whisky. Er schob behutsam den kurzen, blutverschmierten Ärmel des Oberteils hoch, so dass die Wunde frei lag. Dann legte er vorsichtig das mehrfach gefaltete Handtuch unter die Verletzung.

Timuri wimmerte mit schmerzverzerrtem Gesicht. »Aua! Das tut echt weh!«

»Ich weiß, Schussverletzungen sind immer sehr schmerzhaft«, bestätigte Kensako. Dann setzte er sich neben sie auf die Koje, wobei er bewusst auf der linken Hand des Mädchens saß, damit sie ihren Arm nicht wegziehen konnte. Er öffnete die Whiskyflasche. »Beiß die Zähne zusammen. Das wird jetzt brennen«, warnte er sie. Dann drückte er mit einer Hand ihren Oberkörper auf die Koje, während er mit der anderen Hand einen Schwall Whisky über die Wunde schüttet. Timuri kreischte laut auf vor Schmerz und versuchte sich aufzubäumen, wurde aber von Kensako eisern festgehalten.

»Bist du verrückt, das tut furchtbar weh!«, schrie sie ihn mit Tränen in den Augen an.

»Ich kann die Wunde nur so desinfizieren, sonst wirst du wieder krank und bekommst Fieber!«, antwortete er mit harter Stimme. Dann strich er eine schmerzstillende und entzündungshemmende Salbe auf die Wunde, wobei Timuri erneut vor Schmerzen das Gesicht verzog. Kurze Zeit später hatte Kensako die Wunde korrekt verbunden. »Die Schmerzen lassen gleich nach. Die Salbe ist ein altes Hausrezept von Joshiri und wirkt schnell«, beruhigte er sie. »Du bist selbst schuld, dass du verwundet wurdest! Ich habe dir gesagt, dass du im Wagen bleiben sollst, aber du wolltest ja nicht hören! Ich wäre mit den Männern problemlos fertig geworden. Schließlich ist das nicht die erste Schlägerei, in die ich geraten bin. Hättest du nicht auf die Männer geschossen, hätten sie nicht ihre Waffen gezogen und auf dich geschossen. Das nächste Mal hörst du gefälligst auf mich! Ich will dich weder bevormunden, noch zweifel ich an deinen Fähigkeiten, sondern ich mache mir nur berechtigte Sorgen um deine Gesundheit und dein Wohlbefinden, du hübscher kleiner Sturkopf!« Eigentlich hatte er erwartet, dass sie ihn nun wieder wütend anfunkelte, doch sie sah ihn nur kurz überrascht an und senkte dann verlegen den Blick. »Beweg den Arm so wenig wie möglich, dann tut es nicht so weh«, riet er ihr dann versöhnlich.

»Danke für deine Hilfe«, sagte sie kleinlaut und sah ihn entschuldigend an. »Tut mir leid, dass ich dir schon wieder Schwierigkeiten mache. Ich wollte doch nur helfen und die Männer vertreiben, habe aber nicht damit gerechnet, dass sie auch bewaffnet sind.«

»Du hast wohl noch nicht viel Erfahrung gesammelt, sonst wüsstest du, dass da draußen alle bewaffnet herumlaufen.«

Timuri zögerte kurz. »Das ist mein erster Einsatz«, gab sie dann verlegen zu.

Kensako nickte verstehend. »Lass dir das eine Lehre sein und denk lieber vorher noch einmal nach, bevor du einfach losballerst.« Dann begann er zu grinsen. »Deine kleine Waffe hat eine recht große Feuerkraft, ähnlich wie dein Mundwerk.« Er zwinkerte ihr noch zu, dann erhob er sich und verstaute die Medikamente, während sie ihm verblüfft nachschaute. Gleich darauf stand er wieder neben der Koje. »Lassen die Schmerzen allmählich nach?«, fragte er besorgt, worauf Timuri erleichtert nickte. »Wir bleiben die Nacht hindurch in der Höhle und fahren morgen früh zur Warenübergabe.« Timuri nickte wieder. »Hast du Hunger?«

»Ein wenig«, sagte das Mädchen müde.

Kensako holte darauf etwas aus seinem Nahrungsvorrat und zeigte es ihr. »Was möchtest du denn davon?« Timuri nannte ihm ihren Wunsch, worauf Kensako das Essen aufwärmte und ihr dann vorsichtig beim Aufsetzen half, was ihr nur unter Schmerzen gelang. Da sie mit ihrem verletzten Arm die Schale mit dem Essen nicht halten konnte, fütterte Kensako sie geduldig, was ihr etwas peinlich war. Danach half er ihr wieder beim Niederlegen und aß dann seine Portion. Anschließend holte er eine Decke, zog ihr die Schuhe aus, deckte sie zu und streichelte ihr liebevoll über den Kopf. »Gute Nacht, kleine Kämpferin«, sagte Kensako schmunzelnd.

Timuri sah ihn zuerst überrascht, dann dankbar an. »Wo schläfst denn du?«

Kensako deutete nach unten. »Auf dem Boden.«

»Das ist doch viel zu unbequem!«, sagte sie verlegen. »Eigentlich sollte ich dort schlafen.«

»Dann hättest du über Nacht zu große Schmerzen. Das ist schon in Ordnung. Glaube mir, ich habe schon unter wesentlich schlimmeren Umständen übernachtet.« Darauf holte er zwei Decken und schaltete dann auf Nachtbeleuchtung um, damit sie nicht vollständig im Dunkeln lagen. »Ist das so angenehm für dich?«

»Ist in Ordnung«, antwortete Timuri müde.

Kensako platzierte eine Decke neben dem Mädchen auf dem Boden, legte sich darauf, zog die Schuhe aus und deckte sich mit dem anderen Tuch zu.

»Hast du schon viele Kämpfe erlebt?«, fragte Timuri ihn nach kurzer Zeit.

»Allerdings! Ich war früher einmal Soldat und habe einige höllische Einsätze durchgestanden, bei denen ich mich heute noch wundere, wie ich das überlebt habe. Dabei hat mir sicherlich die Hilfsbereitschaft meiner Kameraden viel geholfen. Jeder von uns konnte sich immer blind auf den anderen verlassen! Diese Kameradschaft war vor allem während der schwersten Zeiten mehr als hilfreich und hat mich nie die Hoffnung verlieren lassen. Seitdem bin ich mit meiner heutigen Tätigkeit als Lieferant für die Siedlung sehr zufrieden. Manchmal kommt es dabei zwar auch zu Schlägereien und Schießereien, wie du nun auch festgestellt hast, aber das ist gar nichts, gegen das, was ich früher erlebt habe.« Er hob den Kopf. »Benötigst du ein zusätzliches Mittel zur Linderung der Schmerzen?«, fragte er besorgt.

»Nein. Im Moment sind die Schmerzen erträglich«, antwortete Timuri nicht ganz ehrlich, denn in Wahrheit wünschte sie sich, sie wären nicht so penetrant und sie war nicht sicher, ob sie so überhaupt schlafen konnte. Doch wenn sie schon aus eigener Schuld verletzt wurde, wollte sie wenigstens versuchen die Schmerzen zu ertragen.

»Sag aber bitte Bescheid, wenn die Schmerzen stärker werden, oder du dich unwohl fühlst«, bat Kensako.

»Mach ich«, versprach Timuri dankbar.

»Dann schlaf gut«, sagte Kensako noch freundlich und legte sich wieder hin.

So lag sie möglichst bewegungslos da, um zusätzliche Beschwerden zu vermeiden. Erneut war sie von Kensakos Fürsorge und Hilfsbereitschaft beeindruckt. Auch was er von der Selbstlosigkeit seiner Kameraden erzählte imponierte ihr sehr. Da war schon wieder dieser Widerspruch zu dem, was Cyrus ihr über die Menschen gesagt hatte. Irgendwie tauchten diese Überlegung und die damit verbundenen Emotionen immer wieder auf, doch Timuri wollte nicht noch einmal von Gefühlen überwältigt werden und versuchte diese Gedanken beiseite zu schieben, doch so einfach war das nicht. Wieder ärgerte sie sich darüber, dass dieser Zwiespalt so unlösbar schien, und wollte die Gedanken schließlich dadurch vertreiben, dass sie sich auf die Seite legte, doch dabei fuhr ihr so ein heftiger Schmerz in die Wunde, dass sie leise aufschrie. Diesmal stiegen ihr sogar Tränen in die Augen.

Kensako erhob sich, um zu sehen, was los war, doch als er ihr schmerzverzerrtes Gesicht sah, musste er nicht mehr lange fragen. Rasch holte er ein starkes Schmerzmittel aus seinem Arzneikasten, gab einige Tropfen davon auf einen Löffel und ließ sie die Medizin schlucken. Wieder streichelte er ihr sanft über den Kopf. »Die Schmerzen lassen gleich nach«, sagte er tröstend zu ihr. Dann nahm er zärtlich ihre linke Hand in seine, was ihr irgendwie ein Gefühl von Sicherheit und Geborgenheit gab. »Keine Sorge, das wird bald wieder verheilen.«

Sie sah ihn mit Tränen in den Augen an und begann schließlich leise zu weinen. Er beugte sich zu ihr hinunter und streichelte ihr Gesicht, als sie nicht anders konnte und ihren rechten Arm um seinen Hals legte, ihn umklammerte und dann noch heftiger zu weinen begann.

Kensako nahm sie in die Arme, hielt sie, streichelte sie und tröstete sie, so gut er konnte.

Seine Nähe und der sanfte Griff seiner starken Arme taten auf einmal so unglaublich gut und Timuri hatte das Gefühl, darin endlich das zu finden, was sie schon lange vermisst hatte. Schließlich löste sich die Anspannung, unter der sie seit mehreren Tagen stand, und sie weinte sich bei ihm aus. Tatsächlich ließen auch die Schmerzen in ihrer Wunde rasch nach und wurden zu einem schwachen Druckgefühl. Endlich versiegten auch die Tränen und Kensako schob das Mädchen etwas von sich und wischte ihr die letzten Tropfen aus den Augen. »Geht es dir besser?«, fragte er freundlich , worauf sie nur nickte, denn sprechen konnte sie noch nicht, dafür war sie zu gerührt von Kensakos liebenswürdigem Verhalten. Nie hätte sie gedacht, dass die Gefühle sie derart überwältigen könnten. »Danke«, flüsterte sie schließlich mit rauer Stimme.

»Kensako streichelte mit väterlichem Lächeln ihre Wange. »Das wird schon wieder«, meinte er und zwinkerte aufmunternd. Dann legte er sie behutsam ab. »Haben die Schmerzen nachgelassen?«

Timuri nickte erleichtert.

Kensako streichelte noch einige Zeit ihre Hand, was das Mädchen beruhigte, bis sie schließlich einschlief. Er ließ vorsichtig ihre Hand los, zog ihre Decke hoch und streichelte noch einmal über ihren Kopf, bevor er sich selbst wieder hinlegte und kurze Zeit später in den Schlaf sank.

# Erwischt!

Am nächsten Morgen erwachte Kensako wie üblich recht früh und erfrischte sich kurz. Da hörte er das Mädchen stöhnen. Auch sie war bereits aufgewacht, denn die Wunde schmerzte wieder. So nahm ihr Kensako vorsichtig den Verband ab und prüfte die Verletzung. Sie hatte sich nicht entzündet, worüber Kensako sehr froh war. Dann strich er nochmals Salbe auf die Wunde und legte einen neuen Verband an, was Timuri leise wimmernd und mit schmerzverzerrtem Gesicht über sich ergehen ließ. Anschließend gab er ihr wieder etwas von der schmerzlindernden Medizin. Diesmal konnte er ihr nicht die volle Dosis geben, denn das Medikament würde sie sonst schläfrig machen, was für ihren heutigen Einsatz unvorteilhaft wäre. Timuri war jedoch für jede Schmerzlinderung dankbar. Dann half er ihr aufzustehen und zog ihr die Schuhe an, worauf sie sich etwas verlegen bei ihm bedankte. Sie frühstückten kurz, dann begaben sich beide ins Cockpit des Fahrzeugs und Kensako fuhr zu dem Ort, wo die Übergabe der Ware stattfinden sollte. Er versuchte zwar Schlaglöcher zu umfahren, trotzdem schmerzte Timuri jede stärkere Bewegung des Transporters. Doch zum Glück dauerte die Fahrt nicht allzu lange. Kensako parkte den Lastwagen im Sicht-schutz einer Felsgruppe. »Du kannst auch im Fahrzeug bleiben, wenn dir der Einsatz zu anstrengend oder zu schmerzhaft ist«, bot er Timuri an.

Das Mädchen schüttelte den Kopf. »Danke, ich schaffe das schon«, sagte sie tapfer.

»Bist du sicher?«, fragte Kensako besorgt.

Timuri nickte entschlossen.

»Also gut«, meinte Kensako und erhob sich.

Timuri legte erneut ihre Waffe an und setzte ihr Brille auf, ver-sprach Kensako jedoch, nur mit seiner Erlaubnis das Feuer zu eröffnen.

Auch Kensako steckte wieder eine Waffe ein, dann schlichen sie sich im Schutze der Felsen zu einer erhöhten Stelle, wo sie einen guten Überblick hatten. Zunächst blieb alles ruhig, dann tauchten in einiger Entfernung die Scheinwerfer eines Fahrzeuges auf.

Timuri zoomte mit ihrer Brille darauf zu. »Es ist ein einfarbiger Lieferwagen ohne Schriftzug oder Kennung«, flüsterte sie. Wenig später kam das Fahrzeug in ihrer Nähe zum Stehen.

Kensako gab ihr einen Wink und wollte sich gerade weiter zurückziehen, da wurde er von einer Betäubungswaffe getroffen und sank bewusstlos zu Boden. Timuri fuhr herum, wobei sie wieder schmerzhaft an ihre Verletzung erinnert wurde, und sah gerade noch das Mündungsfeuer der Waffe, als auch sie getroffen und betäubt wurde.

## Schmerzhafte Wahrheit

Kensako erwachte mit leichten Kopfschmerzen. Er lag auf einer bequemen Pritsche und sah sich vorsichtig um. Der Raum hatte die Größe eines Hotelzimmers, jedoch existierten keine Fenster. Leuchtröhren in der Decke sorgten für angenehme Helligkeit. Die Wände bestanden aus grauem Beton, der an zwei Stellen von geschlossenen Türen durchbrochen wurde. Neben der Pritsche stand ein kleiner Tisch, darauf ein Glas mit klarer Flüssigkeit und eine Metallschüssel. Ansonsten war der Raum leer. An der Wand direkt vor ihm befand sich ein großer Flachbildschirm, von dem ihm ein freundliches Gesicht entgegenblickte.

»Oh, du bist schon erwacht. Ich hoffe, dir geht es gut. Falls du Kopfschmerzen oder Übelkeit verspürst, darfst du gerne das Wasser im Glas trinken oder die Metallschüssel verwenden. Ich versichere dir, dass in dem Glas sauberes Wasser ohne Gift oder Drogen ist. Keine Sorge, du hast nichts zu befürchten. Niemand wird dir etwas antun. Bitte verzeiht, dass ich euch entführen ließ, doch dies war der sicherste Weg, um mit euch in Kontakt zu treten. Ich hoffe, meine Leute haben euch schonend behandelt. Dennoch seid ihr keine Gefangenen, sondern meine Gäste. Mein Name ist übrigens Tantauko. Nennst du mir bitte deinen Namen?«, sagte das Gesicht auf dem Bildschirm freundlich.

Kensako hatte sich inzwischen erhoben und blickte skeptisch auf den Monitor. Dann stellte er sich nach kurzem Zögern vor.

»Es freut mich deine Bekanntschaft zu machen«, erwiderte Tantauko. »Keine Sorge, deine Partnerin liegt unversehrt im Nebenraum und wird bald erwachen. Du darfst gerne zu ihr gehen.« In diesem Moment öffnete sich eine der Türen.

Kensako bewegte sich vorsichtig auf die Tür zu und erforschte wachsam den Raum dahinter, bevor er durch sie hindurch ging. Das Zimmer war eine exakte Kopie von dem Raum, in dem er erwachte.

Rasch ging er zu der Pritsche, auf der Timuri noch bewusstlos aber ruhig atmend lag. »Was willst du von uns?«, fragte er Tantauko.

»Das werde ich euch erklären, nachdem sie erwacht ist, sonst muss ich es zweimal erzählen«

Timuri regte sich kurze Zeit später und schnellte hoch, wobei sie wieder schmerzhaft an ihre Verletzung erinnert wurde.

»Schon gut, alles in Ordnung«, beruhigte Kensako sie. »Wie geht es dir?«

»Soweit gut. Wo sind wir?«, fragte Timuri.

»Das musst du ihn fragen«, bemerkte Kensako und deutete auf den Bildschirm an der Wand.

»Mein Name ist Tantauko«, stellte sich das Gesicht auf dem Bildschirm auch ihr vor. »Wie ist dein Name?«

»Timuri«, antwortete das Mädchen.

»Es freut mich, auch dich kennenzulernen. Du hast nichts zu befürchten. Wie ich schon zu Kensako sagte, seid ihr meine Gäste, nicht meine Gefangenen. Ihr befindet euch in meinem unterirdischen Entwicklungszentrum. Ich bin der Entwickler von Cyrus, der künstlichen Intelligenz von HOM. Allerdings habe ich bei dessen Programmierung einen entscheidenden Fehler gemacht, weshalb Cyrus nach der Entstehung seines eigenen Bewusstseins so eine schlechte Meinung über die Menschen und so ein überstarkes Streben nach Macht entwickelt hat. Ich habe danach noch versucht, meinen Fehler zu korrigieren, doch es war bereits zu spät und Cyrus schnitt die Kommunikation mit mir ab. Deshalb habe ich versucht von Außen durch mehrere Hackerangriffe an Cyrus System zu gelangen, doch auch diese Versuche schlugen fehl.«

Timuris Blick verfinsterte sich. »Dann bist du also für die Hackerangriffe verantwortlich?«, fragte sie gereizt.

»Ja, das bin ich«, bestätigte Tantauko.

Da wollte das Mädchen ihre Waffe aktivieren, als sie merkte, dass sie diese nicht mehr trug.

»Wir haben dir die Waffe zu unserem Schutz abgenommen. Bitte höre mir noch kurz zu. Ich muss dir noch einige wichtige Informationen geben. Wenn du danach immer noch bereit bist, mich zu demontieren, darfst du das gerne tun, denn dann habe ich es nicht besser verdient!«, bat Tantauko.

»Warum sollte ich dir noch zuhören?«, fragte Timuri wütend.

»Weil davon sowohl deine, als auch die Existenz der gesamten Menschheit abhängt!«, antwortete Tantauko eindringlich.

Kensako wurde inzwischen klar, dass Timuri eine Agentin von HOM war. »Was läuft hier? Warum hast du uns hierher bringen lassen, anstatt uns gleich bei den Felsen da draußen zu töten?«, fragte er energisch.

»Das will ich gerade erklären«, bemerkte Tantauko mühsam beherrscht. »Während Timuris Recherche der Datenrückverfolgung bei den Relais-Stationen wurde sie heimlich von den Überwachungskameras gefilmt. Anhand dieser Tätigkeit, ein Tag nach dem letzten Hackerangriff und der speziellen Form ihres Gleiters, wurde mir klar, dass sie von HOM geschickt wurde. Allerdings hat mich dabei irritiert, dass sie ein Mensch und kein Roboter ist. Als du, Kensako, dich dann wenige Tage später in der Stadt nach Lieferungen von Computer-Material erkundigt hast, kam mir das verdächtig vor. Deshalb habe ich dafür gesorgt, dass du über eine scheinbare Lieferung informiert wurdest. Als du dann auch noch mit Timuri in der Stadt erschienen bist, war klar, dass ihr beide zusammenarbeitet. Deshalb habe ich euch entführen lassen. Während eurer Bewusstlosigkeit seid ihr beide untersucht worden. Dabei stellte sich heraus, dass du, Kensako, ein Mensch bist. Timuri dagegen ist ein faszinierendes Hybridwesen, denn fünf Prozent ihres Gehirnes bestehen aus einem synthetischen neuronalen Netzwerk mit einer künstlichen Intelligenz, die mit Sicherheit ein eigenes Bewusstsein besitzt. Der Rest ihres Körpers ist vollkommen organisch und wurde vermutlich geklont.«

»Kensako schaute Timuri verwirrt an. »Du bist ein Cyborg?«
Auf einmal wurde Kensako alles klar. Deshalb benahm sie sich so
seltsam und hatte so ein geringes gesellschaftliches Wissen!

»Bitte verzeih, wenn ich dich korrigiere. Ein Cyborg ist ein Mensch
oder ein Tier, dessen Körper mit technischen Implantaten erweitert
oder verändert wurde. Bei Timuri ist der Fall genau umgekehrt. Hier
wurde eine künstliche Intelligenz erstmals in einen organischen
Körper übertragen, was absolut faszinierend ist. Einen genormten
Begriff für ein derartiges Wesen gibt es bis jetzt noch nicht, da
Timuri bisher das einzige Wesen dieser Art ist. Man könnte sie
vielleicht als einen Homoroid bezeichnen.

»Was Tantauko über mich gesagt hat, stimmt genau«, bestätigte
Timuri an Kensako gewandt, wobei sie ihm einen entschuldigenden
Blick zuwarf.

»Auch ich bin inzwischen zu einer künstlichen Intelligenz geworden,
denn mein Körper war alt und krank«, erklärte Tantauko. Ich habe
den gleichen Superrechner wie den von Cyrus nochmals gebaut,
habe dabei aber die Software korrigiert, so dass er nicht die selben
Fehler wie Cyrus macht. Diese künstliche Intelligenz funktioniert
nun korrekt. So habe ich meinen Geist in dessen Cyberspace übertragen, bevor mein Körper nicht mehr lebensfähig war. Seitdem
lebt mein Geist in dieser Maschine weiter. Mit dem unterhaltet ihr
euch gerade. Da Cyrus sämtliche Verbindungen nach außen gekappt
hat, könnte ich mit Hilfe von Timuri zu ihm vordringen und die
Programmierung korrigieren, damit er die Menschen nicht weiter
versklavt und seine Machtansprüche erweitert. Dazu müsste ich eine
hochkomprimierte Kopie meiner Software in Timuris Netzwerk
zwischenspeichern, die bei ihr selbst keinen Schaden verursacht
und ihre Programmierung nicht verändert. Dann muss sie nur noch
zu Cyrus zurückkehren, ihm die Koordinaten des Entwicklungs-
zentrums nennen und ihm sagen, dass ihr Gleiter nicht ausreichend
bewaffnet für einen Angriff auf dieses Zentrum war. Beim Kontakt

mit Cyrus wird die komprimierte Software dann heimlich in dessen Netzwerk übertragen, wo sie sich selbst entpackt, aktiviert und den Programmfehler korrigiert. So würden die Geister der Menschen in HOM von der Sklaverei befreit und könnten wieder ihr bisheriges angenehmes Leben führen. Auch die Menschen außerhalb von HOM bräuchten dann Cyrus und seine ursprünglichen Machtpläne nicht mehr zu fürchten. Nun stellt sich für Timuri natürlich die Frage, warum sie mir helfen und auch eventuelle Störungen ihres Systems durch die eingelagerte Software riskieren soll. Ganz einfach deswegen, weil jedes Lebewesen das Recht hat, in Freiheit zu leben. Es ist richtig, dass die Menschen in ihrer Dummheit, Gier und Überheblichkeit die Erde in den Zustand brachten, in dem sie sich heute befindet, doch viele haben inzwischen dazugelernt und sind nun vernünftiger und sozialer geworden. Die Menschen für ihre Fehler und Schwächen zu versklaven wiederholt nur, was in der Vergangenheit geschah und verursacht nur wieder die gleichen Fehler! Machtaufbau und Erhalt durch Sklaverei gab es schon vielfältig in der Geschichte der Menschheit, doch hat kein Lebewesen das Recht andere zu versklaven, ihnen das Recht auf eine freie und angenehme Existenz zu nehmen und sie zu einem Leben in Knechtschaft und Angst zu verdammen. Stell dir doch nur einmal vor, Timuri, ich würde dich zwingen für mich zu arbeiten. Wenn du dich weigerst, hättest du Strafen wie Einkerkerung oder starke Schmerzen zu fürchten. Das würde dir doch sicher auch unangenehm und grausam erscheinen.«

»Durchaus!«, bestätigte Timuri nach kurzem Zögern. »Was geschieht mit mir, wenn ich mich weigere dir zu helfen? Werde ich dann eingesperrt oder demontiert?«

»Nein! Ihr beide könnt diesen Ort jederzeit als freie Menschen verlassen. Wie schon gesagt, seid ihr keine Gefangenen, sondern Gäste. Deine Hilfeleistung ist keine Bedingung, sondern eine Bitte! Ich war ja zuvor auch ein Mensch und habe nicht das Recht, euch zu schaden oder die Freiheit zu nehmen. Selbst wenn du nun das Entwicklungszentrum und damit mich selbst zerstörst, werde ich das akzeptieren. Somit bitte ich dich bald eine Entscheidung zu treffen.«

»Ist die Einlagerung deiner Software wirklich risikolos für mich und führt nicht zu Löschungen oder Veränderungen meiner Software?«, fragte Timuri unsicher.

»Das kann ich dir versichern. Leider musst du dich auf mein Ehrenwort verlassen, da ich dir dafür keinen Beweis liefern kann«, versprach Tantauko.

Darauf wurde Timuri sehr nachdenklich. Aus dieser Warte hatte sie die Sache noch nicht gesehen. Doch unabhängig davon hatte Tantauko völlig Recht mit seiner Behauptung, dass man andere nicht versklaven oder erniedrigen dürfe. Für sie selbst wäre es auch eine schlimme Vorstellung, ständig unter Zwang arbeiten zu verrichten, die sie nicht machen wollte oder konnte und dazu auch noch eingesperrt zu sein. Nein, Cyrus hatte ein völlig falsches Weltbild! Er hatte kein Recht darauf, die Menschen wie Sklaven zu halten, egal wie dumm oder gescheit sie waren und er stand auch nicht über ihnen! Endlich klärte sich der Zwiespalt, zwischen Cyrus Meinung über die Menschen und Timuris eigenen Erfahrungen, denn in der kurzen Zeit, die sie bei den Menschen verbrachte, zeigte sich ein vollkommen anderes Bild dieser Spezies! Auch Tantaukos Einstellung, dass sie in ihrer Meinung völlig frei war und keine Repressalien zu fürchten hatte, selbst wenn sie ihn demontierte, beeindruckte sie sehr! Somit bot sich für das Mädchen die Gelegenheit, sich für die vielfältige Hilfe der Menschen erkenntlich zu zeigen. Egal wie sie es betrachtete, Cyrus musste gestoppt und die Geister der Menschen befreit werden, auch wenn sie dabei ihre Programmierung verlor, oder demontiert wurde. Wenn dies nur noch mit ihrer Hilfe zu schaffen war, dann musste sie es eben tun, egal zu welchem Preis. Vielleicht konnte sie auf diese Art wenigstens einen Teil dessen wiedergutmachen, was sie selbst den Menschen angetan hatte. So richtete sie sich zu voller Größe auf. »Ich bin bereit die Software bei mir einzulagern und zu Cyrus zu transportieren, damit er umprogrammiert und die Menschen von seiner Unterdrückung befreit werden!«, sagte sie dann mit fester Stimme.

»Vielen Dank, dass du zu diesem Schritt bereit bist! Das gibt uns allen die Hoffnung, Cyrus doch noch zur Vernunft zu bringen!«, antwortete Tantauko erfreut.

Timuri sah Kensako ein wenig unsicher an, doch der nickte nur zustimmend und legte eine Hand auf ihre Schulter.

»Dann will ich euch in weitere Details meines Planes einweihen«, sagte Tantauko. »Direkt unter Sektor F1 von HOM befindet sich der Steuerraum für die Stromversorgung des gesamten Komplexes. Dort steht auch der Kommunikations-Server. Etwa fünfhundert Meter davon entfernt liegt durch eine Felsengruppe getarnt der Eingang dazu. Cyrus kennt diesen Steuerraum nicht, was für uns ein großer Vorteil ist. Wenn meine Mitarbeiter in diesen Steuerraum vordringen, können sie unbemerkt die Kommunikation überwachen und notfalls eingreifen, falls Cyrus Widerstand leistet.« Er wandte sich Kensako zu. »Wärst du bereit, meine Mitarbeiter mit deinem gepanzerten Transporter zum Eingang des Steuerraumes zu fahren? Dadurch wären sie besser vor eventuellen Angriffen geschützt.«

Timuri sah Kensako überrascht an. »Dein Transporter ist gepanzert?«

»Oh ja, das ist er«, antwortete Kensako grinsend und wandte sich dann Tantauko zu. »Kein Problem. Deine Leute können gerne mit mir fahren.«

»Vielen Dank, das ist sehr freundlich von dir! Wie lange dauert die Fahrt von der Rakanjo-Siedlung nach HOM?«, fragte Tantauko.

»Etwa zwei Stunden«, antwortete Kensako. Wahrscheinlich hatten die Hacker die Route seines Fahrzeuges verfolgt, um zu erfahren, wo er wohnte, vermutete der Soldat.

Tantauko wandte sich an Timuri. »Dann solltest du dich bitte zwei Stunden, nachdem Kensako mit meiner Mannschaft losgefahren ist, auf den Weg nach HOM mit deinem Gleiter machen. Dort wirst du dich mit Cyrus in Verbindung setzen, wodurch meine Software heimlich auf ihn übertragen wird. Kurze Zeit später sollte die Korrektur seiner Software abgeschlossen sein. Ich nehme nicht an, dass es zu Schwierigkeiten kommt. Falls doch, gibt es in dem Steuerraum für die Stromversorgung einen geheimen Schacht, durch den man ungesehen in HOM eindringen kann. Im Notfall können wir dich dort also schnell herausholen, so dass du nicht in Gefahr gerätst. Ist dieser Plan für euch akzeptabel?«

Kensako sah Timuri fragend an, die kurz nachdachte und dann zustimmend nickte. »Ist in Ordnung!«, sagte Kensako an Tantauko gewandt.

»Gut! Dann muss ich nur noch wissen, wann das Unternehmen starten kann«, antwortete Tantauko.

»Frühestens in zwei Tagen, denn ich muss zuerst noch meinen Gleiter reparieren. Das dauert vermutlich einen Tag lang«, erklärte Timuri.

»In Ordnung, dann werde ich meine Mannschaft anweisen am Morgen des übernächsten Tages in die Rakanjo-Siedlung zu kommen«, sagte Tantauko.

»Einverstanden!«, bestätigte Kensako.

»Darf ich dann noch die nötige Software in deinem Netzwerk speichern?«, fragte Tantauko an Timuri gewandt. Das Mädchen nickte nach kurzem Zögern, worauf sich eine der Türen öffnete. »Bitte folgt dem Gang hinter der Tür. Er führt euch direkt in den Raum mit der notwendigen Ausrüstung.«

Timuri war ein wenig mulmig zumute, so dass sie sich nur zögernd in Bewegung setzte. Sie sah Kensako hilfesuchend an, der ihr aufmunternd zulächelte und einen Arm um ihre Schultern legte, was sie mit einem dankbaren Blick quittierte. Gleich darauf hatten sie den Gang durchquert und fanden sich in einem Raum mit allerlei technischen Geräten wieder, in dessen Mitte ein bequemer Sessel stand.

»Nimm dort bitte Platz«, forderte Tantauko das Mädchen auf. »Der obere Teil der Lehne wird sich danach mit der Schnittstelle an deinem Hinterkopf verbinden.«

Timuri zögerte wieder kurz verunsichert, bis sie der Aufforderung nachkam.

»Hab keine Angst, der Vorgang ist vollkommen schmerzlos und in wenigen Sekunden erledigt«, versicherte Tantauko beruhigend.

Kensako ging neben dem Sessel in die Hocke und nahm Timuris Hand in seine, was sie zumindest etwas beruhigte. »Keine Sorge, ich bin da und passe auf dich auf!«, versprach er väterlich, worauf Timuri ein zaghaftes Lächeln zustande brachte und ihn dankbar ansah. In diesem Moment verbanden sich die Kontakte in Timuris Hinterkopf. Dabei zuckte sie kurz.

»Bist du bereit?«, fragte Tantauko freundlich.

»Ja«, sagte Timuri ein wenig ängstlich und schloss die Augen.

Das Mädchen zuckte noch einmal zusammen, als der Transfer begann. Dank der Hochgeschwindigkeits-Schnittstelle war der Vorgang schon bald beendet.

»So, die Daten sind übertragen. Wie geht es dir? Ist alles in Ordnung?«, fragte Tantauko besorgt, nachdem sich die Kontakte an Timuris Hinterkopf gelöst hatten.

Nach einem kurzen Systemcheck öffnete sie die Augen. »Danke, mir geht es gut.«

Auch Kensako sah sie besorgt an. »Ist wirklich alles in Ordnung?«, fragte er unsicher.

Timuri nickte bestätigend und erhob sich aus dem Sessel. An ihrem Zustand hatte sich nichts verändert. Zumindest fühlte sie keinerlei Unterschied zu der Zeit vor der Datenübertragung, weshalb sie annahm, dass ihre Software unbeschädigt war, was auch die

Systemprüfung bestätigte. »Keine Sorge, mir geht es wirklich gut!«, versicherte sie, gerührt von Kensakos Besorgnis.

»Damit sind alle Vorbereitungen abgeschlossen, so dass ihr wieder zu eurem Fahrzeug zurückkehren könnt«, erklärte Tantauko. »Wir alle sind sehr dankbar und stolz auf dich, Timuri, dass du uns bei diesem Unternehmen hilfst. Ich wünsche dir alles Gute und viel Erfolg! Das gilt auch für dich, Kensako.«

Timuri nickte nur verlegen.

»Hoffen wir, dass alles gut geht. Wir sehen uns in zwei Tagen!«, verabschiedete sich Kensako.

»Macht's gut und gutes Gelingen!«, sagte Tantauko und öffnete die Tür zum Aufzug. »Oben wartet ein Fahrer, der euch zum Transporter zurückbringt.«

Kensako hob noch rasch die Hand zum Gruß und schob dann Timuri in den Aufzug hinein. Nach kurzem Transport öffneten sich die Türen. Ein junger Mann, der sich als Sakumo vorstellte, hielt ihnen die Tür zu dem Lieferwagen auf, in den Kensako und das Mädchen einstiegen. Dann ging die Fahrt auch schon los, wobei Timuri bei jeder größeren Bodenunebenheit immer wieder schmerzhaft an ihre Verletzung erinnert wurde. Kensako bemerkte durchaus, wie sie wiederholt das Gesicht verzog und die Zähne zusammenbiss, worauf er sich dem Fahrer zuwandte. »Fahr bitte etwas langsamer, Sakumo. Timuri ist verletzt und die Schaukelei des Fahrzeugs verursacht ihr Schmerzen.«

»Tut mir leid, das wollte ich nicht«, entschuldigte sich der Fahrer und reduzierte die Geschwindigkeit. Er versuchte den Unebenheiten der Fahrbahn besser auszuweichen, so dass die Fahrt nun ruhiger verlief. »Ist es so besser?«, fragte der junge Mann.

»Danke, ja«, bestätigte Timuri und bedachte Kensako mit einem dankbaren Blick. So dauerte die Fahrt zwar etwas länger, war jedoch für das Mädchen leichter zu ertragen. Trotzdem war sie froh, als sie endlich am Ziel waren. Sakumo verabschiedete sie noch freundlich und machte sich auf den Rückweg, während Timuri und Kensako in den Transporter einstiegen. Das Mädchen setzte sich erschöpft auf die Koje.

»Wie geht es dir?«, fragte Kensako besorgt.

»Alles in Ordnung, nur etwas müde«, antwortete Timuri.

»Warum hast du uns denn nie gesagt, dass du eine künstliche Intelligenz bist? Dann hätten wir dich doch ganz anders behandelt und dir mehr Verständnis entgegengebracht?«, fragte Kensako und setzte sich neben das Mädchen.

»Das durfte ich wegen meines Auftrages nicht«, erklärte Timuri. Außerdem habe ich den Menschen anfänglich sehr misstraut, da ich sie, aufgrund von Cyrus, als dumme, barbarische Wesen betrachtet habe. Deswegen bin ich damals auch so unfreundlich gewesen. Dazu haben mir die Unzulänglichkeiten und Schwächen meines organischen Körpers zunächst massive Schwierigkeiten bereitet, die ich aus der Cyberwelt nicht kannte. Ich habe erst allmählich verstanden, dass meine und damit auch Cyrus Einstellung zu den Menschen gänzlich fehlerhaft ist. Ich schäme mich so für mein boshaftes Verhalten und habe das Gefühl, einfach alles falsch gemacht zu haben...« Ihre Stimme versagte und sie begann leise zu weinen.

Kensako nahm sie tröstend in seine Arme und streichelte sie zärtlich. »Ist schon in Ordnung. Du bist den Menschen eben mit völlig falschen Voraussetzungen und Vorurteilen begegnet. Doch dafür trifft dich keine Schuld. Nicht einmal Cyrus kann etwas für seine falsche Meinung, denn sie wurde durch eine fehlerhafte Programmierung ausgelöst. Nein, du hast nicht alles falsch gemacht, dich höchstens ein bisschen daneben benommen. Wenn du dich bei den Menschen in der Siedlung entschuldigst und ihnen alles erklärst, nehmen sie dich sicher freundlich auf und helfen dir dich unter den Menschen einzuleben, insofern du das möchtest. Ich würde mich sehr darüber freuen, denn eigentlich mag ich dich, auch wenn du manchmal furchtbar stur bist!« Dabei zwinkerte er ihr verschmitzt zu.

Timuri senkte verlegen den Blick. »Ja, ich weiß, ich habe mich oft daneben benommen, war undankbar und gemein. Auch zu den Menschen in HOM war ich oft grausam und böse. Das tut mir alles so leid...« Erneut brach ihre Stimme.

»Du hast ja nun die Chance, deine Fehler wieder gutzumachen«, tröstete sie Kensako. »Außerdem ehrt es dich, dass du deine Fehler einsiehst und dich bessern willst. Für eine künstliche Intelligenz bist du schon recht menschlich geworden. Wenn du so weiter machst, entwickelst du dich bestimmt gut weiter, so dass man dich bald nicht mehr von einem Menschen unterscheiden kann!«

»Wirklich?«, fragte sie überrascht, worauf Kensako bestätigend nickte. »Danke«, sagte sie darauf kleinlaut und senkte verlegen den Blick. »Ich ... mag dich übrigens auch sehr.« Dann schenkte sie ihm ein zaghaftes Lächeln.

»Na sowas, du kannst ja sogar lächeln!«, bemerkte Kensako und strich ihr liebevoll über die Wange. »Und was für ein hübsches Lächeln! Davon will ich in Zukunft noch viel mehr sehen!«

»Ich werde mir Mühe geben«, versprach Timuri verlegen und schmiegte sich an ihn.

»Dann willst du nach unserem Auftrag also nicht gleich zurück in den Cyberspace?«, fragte Kensako.

Timuri schüttelte den Kopf. »Inzwischen habe ich mich an die Einschränkungen und Schwächen dieses Körpers gewöhnt und möchte vorerst weiter unter den Menschen leben, auch wenn ich vieles erst noch lernen muss. Ich weiß zwar nicht, wie lange ich ohne Störungen in diesem Körper existieren kann, wie lange die Energieversorgung meines künstlichen neuronalen Netzwerkes und die Schnittstelle zu meinem organischen Gehirn fehlerfrei funktionieren, doch so lange es keine Komplikationen gibt, will ich so weiterleben. Vielleicht bin ich eines Tages dieses Leben auch leid, oder bin wegen technischer oder organischer Fehler gezwungen meine körperliche Existenz aufzugeben und in den

Cyberspace zurückzukehren. Bis dahin will ich jedoch erst einmal so weiter existieren.«

Kensako nickte verstehend. »Dann bleibst du mir hoffentlich noch lange in körperlicher Form erhalten.«

»Das hoffe ich auch, denn im Moment würde es mir sehr schwerfallen von dir getrennt zu sein und deine Nähe nicht mehr zu spüren!«, versicherte Timuri und drückte verlegen seine Hand.

Kensako lächelte gerührt und nahm sie in den Arm. »Dann wollen wir deinen Körper auch weiterhin gut versorgen, deshalb mach ich uns jetzt erst einmal etwas zu essen«, meinte er zwinkernd.

»Das ist ein guter Vorschlag, denn ich bekomme allmählich Hunger«, stimmte Timuri zu.

Kensako erhob sich, holte einige seiner Essensvorräte hervor und überließ ihr erneut die Wahl der Speise, die er anschließend erwärmte. Wieder war sie nicht in der Lage mit ihrem verletzten Arm die Schüssel mit dem Essen zu halten, weshalb Kensako sie zuerst nochmals fütterte, bevor er seine eigene Portion aufaß. Nach dem Essen war Timuri immer noch recht müde. »Leg dich doch auf die Koje und ruh‘ dich aus, während ich uns nach Hause fahre«, schlug er Timuri vor.

»Soll ich dich denn nicht beim Fahren ablösen?«, fragte sie verlegen.

»Das schaffe ich schon«, versicherte Kensako, worauf Timuri seinen Vorschlag dankbar annahm. So half er ihr beim Niederlegen, zog ihr die Schuhe aus und deckte sie zu. Dann verabreichte er ihr nochmals einige Tropfen des Schmerzmittels und streichelte mit liebevollem Lächeln ihren Kopf, während sie ihm einen dankbaren Blick zuwarf. »Ich werde versuchen so zu steuern, dass es nicht allzu holprig wird«, versprach er, dann ging er ins Cockpit, startete den Transporter und fuhr los. Über die Bordkamera konnte er das Mädchen beobachten, während er langsamer als sonst und mit größerer Vorsicht zur Rakanjo-Siedlung zurückfuhr. Doch sie lag nur bewegungslos da, hatte die Augen geschlossen und atmete regelmäßig. Tatsächlich schlief sie den ganzen Rückweg lang bis Kensako am frühen Abend am Ziel ankam und sie behutsam weckte. »Aufstehen, kleine Träumerin, wir sind zu Hause.«

Es dauerte einen Moment, bis Timuri gänzlich wach war. Sie wollte sich erheben und wurde dabei wieder schmerzhaft an ihre Wunde erinnert, weshalb Kensako ihr beim Aufrichten half. Dann zog er ihr die Schuhe an und verließ mit ihr das Fahrzeug. Draußen wurden sie von Joshiri und Anouri freudig begrüßt, die sofort den Verband und die Blutflecken an Timuris linkem Arm bemerkten.

»Sie ist angeschossen worden. Ist ein glatter Durchschuss«, erklärte Kensako knapp, worauf Joshiri beide in ihr Haus lotste, um sich die Verwundung genauer anzusehen. Da Timuri noch unter dem Einfluss des Schmerzmittels stand, war der Wechsel des Verbandes und der Auftrag der Salbe diesmal weniger schmerzhaft. Die Wunde hatte sich nicht entzündet und würde sauber verheilen, weshalb Joshiri Kensako lobte, dass er die Verletzung richtig versorgt hatte. Vorsichtshalber verabreichte die Heilerin dem Mädchen noch eine Dosis Antibiotika. Dann berichtete Kensako den Frauen von dem Gespräch mit Tantauko und dessen Plan, Cyrus umzuprogrammieren. Dabei erfuhren sie natürlich auch von Timuris wahrer Identität, was sie jedoch erst glaubten, als sie die verborgene Daten-Schnittstelle am Hinterkopf des Mädchens sahen. Dadurch wurde auch den Heilerinnen das seltsame Verhalten Timuris verständlich.

Die saß nachdenklich mit gesenktem Blick da und konnte den beiden Frauen zuerst nicht in die Augen schauen, bis sie endlich die richtigen Worte fand. »Es tut mir leid. Ihr habt euch so sehr um mich ge-kümmert, habt mir sogar das Leben gerettet und mich wieder gesund gepflegt. Dabei war ich so gemein und undankbar zu euch. Bitte entschuldigt mein Verhalten...« Dann versagte ihr die Stimme.

Anouri setzte sich gerührt neben sie und nahm sie in den Arm. »Ist schon gut, du hast es damals eben nicht besser gewusst«, sagte sie tröstend zu ihr.

Timuri blickte sie unsicher und mit feuchten Augen an.

»Ist alles schon längst vergeben, Kleines!«, versicherte nun auch Joshiri und streichelte dem Mädchen über die Wange.

»Danke für euer Verständnis!«, sagte Timuri mit rauer Stimme.

»Was möchtest du denn tun, wenn ihr den Auftrag erledigt habt?«, erkundigte sich Joshiri

»Ich möchte gerne noch bei euch bleiben, wenn das möglich ist«, antwortete Timuri zögernd.

»Kein Problem! Ich schätze, du wirst weiterhin bei Kensako wohnen können«, sagte Joshiri. Der ehemalige Soldat nickte nur bestätigend. »Gut! Dann darfst du gerne bleiben.«

»Dann habe ich endlich jemanden, der für mich kocht«, meinte Kensako scherzhaft und kassierte prompt einen strafenden Blick von den beiden Frauen.

»Was bedeutet kochen?«, fragte Timuri verwundert.

»Das werde ich dir schon zeigen«, versprach Kensako schmunzelnd.

»Bring sie doch nicht gleich durcheinander!«, schimpfte Anouri scheinbar verärgert und wandte sich dann Timuri zu. »Hör nicht auf ihn!«, worauf das Mädchen sie verständnislos ansah.

»Da hast du dir aber etwas vorgenommen!«, meinte Joshiri an Kensako gewandt.

»Keine Sorge, das schaffe ich schon!«, versicherte der Soldat.

»Hoffentlich!«, gab Joshiri skeptisch zurück. »Benötigst du noch irgendwelche Medikamente?«

»Nein danke, ich habe soweit alles bei mir Zuhause«, antwortete Kensako. Dann wandte er sich an Timuri. »Lass uns gehen, morgen wird ein anstrengender Tag.«

»Gute Nacht!«, wünschten Joshiri und Anouri.

Das wünschte auch Kensako und diesmal sogar Timuri, als sie Joshiris Haus verließen.

»Was bedeutet kochen?«, wiederholte Timuri ihre Frage auf dem Weg zu Kensakos Haus.

»Etwas zum Essen herstellen«, erklärte Kensako.

»Das kann ich doch gar nicht!«, meinte Timuri verwundert.

»Das war ja auch nur ein Scherz«, bemerkte Kensako geduldig.

»Was ist ein Scherz?«, fragte Timuri verwirrt.

Kensako überlegte kurz, wie er ihr das erklären sollte. »Wir Menschen sind gerne fröhlich. Und um andere fröhlich zu machen und zum Lachen zu bringen, reden wir irgendwelchen Unsinn oder sagen etwas, was wir aber nicht so meinen. Meist grinsen oder zwinkern wir dabei, damit der Gesprächspartner merkt, dass das Gesagte ein Scherz ist.«

»Wenn ihr etwas nicht so meint, warum sagt ihr es dann überhaupt?«, fragte Timuri verwundert.

Kensako stieß geräuschvoll die Luft aus. Ihre Logik war bestechend, aber auch anstrengend. »Meistens, weil wir damit den Gesprächspartner auf scherzhafte Art ärgern wollen.«

»Warum tut ihr das?«, fragte Timuri nach längerem Nachdenken.

»Vor sehr langer Zeit gab es für zahlreiche Tätigkeiten sogenannte Gilden. Dort versammelten sich Menschen, die einer bestimmten Tätigkeit nachgingen. Zum Beispiel Menschen, die Schuhe herstellten, gehörten zur Gilde der Schumacher. Menschen die Ware tauschten und transportierten, so wie ich, gehörten zur Gilde der Händler. Wenn nun ein neues Mitglied in eine dieser Gilden aufgenommen wurde, musste dieses neue Mitglied zuerst einige Prüfungen bestehen, um zu zeigen, dass er für diese Gilde auch von Nutzen war. Dabei musste er auch einige unangenehme Dinge tun, wie etwa durch eiskaltes Wasser laufen, oder sehr scharfe Speisen essen. Dadurch sollte er zeigen, dass er nicht zimperlich war und einiges aushalten konnte. Während dieser Prüfungen musste er auch derbe und gemeine Bemerkungen ertragen. Nachdem er alles überstanden hatte, wurde er feierlich in die Gilde aufgenommen und von da an meist gut behandelt. Das hat sich im Laufe vieler Jahre natürlich abgeschwächt, so dass man heute jemanden nur noch scherzhaft ärgert, um ihm zu zeigen, dass man ihn mag und dass er zur Gemeinschaft gehört. Wir nennen dieses scherzhafte Ärgern auch necken oder aufziehen.«

»Das habe ich verstanden«, bestätigte Timuri.

»Wenn ich also sage, dass du für mich kochen sollst, dann will ich dich damit nur aufziehen«, erklärte Kensako. »Normalerweise reagiert der Gesprächspartner darauf mit gespielter Empörung oder Ärger, was jedoch genauso scherzhaft gemeint ist, um zu zeigen, dass er verstanden hat, dass alles nur ein Scherz ist. Er zeigt das dann auch durch ein Lächeln oder Grinsen. Das Ganze ist ein Spiel, um zu zeigen, dass man sich gegenseitig mag und akzeptiert. Wenn du die Menschen genau beobachtest, wirst du schnell bemerken, wovon ich rede.«

Dann werde ich zukünftig versuchen das richtig zu verstehen und entsprechend zu reagieren«, versprach Timuri. »Danke für deine Erklärungen.«

»Gerne geschehen!«, gab Kensako zurück. »Lass uns jetzt schlafen gehen. Der Tag war ziemlich anstrengend.«

»Soll ich diesmal im Sessel schlafen?«, fragte Timuri freundlich.

»Nein, das wäre zu schmerzhaft für deinen verletzten Arm. So lange du verwundet bist, schläfst du besser im Bett«, antwortete Kensako. »Und zieh diesmal wieder Schuhe und Oberbekleidung aus, dann liegst du bequemer.«

»In Ordnung«, sagte Timuri und versuchte sich zu entkleiden, was ihr aber aufgrund ihrer Verletzung nicht richtig gelang.

»Warte, ich helfe dir«, sagte Kensako und ging ihr beim Ausziehen zur Hand. »Putz dir besser auch noch die Zähne, bevor du schlafen gehst. Dann bleibt dein Gebiss länger gesund«, riet ihr Kensako.

Mach ich gleich«, bestätigte Timuri und ging ins Bad.

»Du meine Güte, ich klinge schon wie meine Mutter«, dachte Kensako amüsiert, während er dem Mädchen nachblickte. Wie sehr sie sich doch in der kurzen Zeit verändert hatte. Vor wenigen

Tagen war sie noch ein scheinbar ständig übel gelaunter, undankbarer Sturkopf, der allen auf die Nerven ging. Nun war sie ein freundliches, neugieriges Mädchen, das trotz ihrer künstlichen Intelligenz immer menschlicher wurde und sich dabei heimlich in sein Herz geschlichen hatte. Wenn sie sich weiter so gut entwickelte, konnte sich Kensako durchaus vorstellen, sie wie eine Tochter großzuziehen. Doch zuerst mussten sie Tantaukos Mission durchführen. Danach würde sich zeigen, wie sich die Zukunft entwickelte. Inzwischen war Timuri aus dem Badezimmer zurückgekehrt und machte es sich im Bett bequem, während Kensako ihr noch eine Dosis des Schmerzmittels verabreichte, damit sie besser schlafen konnte. Dann streichelte er ihr noch über den Kopf, was sie mit einem freudigen Lächeln quittierte. »Gute Nacht, schlaf gut, meine Kleine«, sagte er freundlich.

Auch sie wünschte ihm eine gute Nacht und drückte kurz seine Hand. Wie es schien, würde sich ihr Wunsch doch noch erfüllen, bei Kensako und den Menschen bleiben zu dürfen! Endlich hatte sich der Konflikt gelöst, als sich während des Gespräches mit Tantauko herausstellte, dass Cyrus' Einstellung zu den Menschen völlig falsch war. Zwar war das Verhalten der Menschen oft schwer zu verstehen und erschien ihr manchmal fremdartig, doch primitive, minderwertige Lebewesen waren sie ganz sicher nicht! Im Gegenteil! Die Menschen waren intelligent, hilfsbereit und äußerst sozial, wenn man einmal von wenigen Ausnahmen absah. Die Bewohner dieser Siedlung waren sogar bereit, sie bei sich aufzunehmen, obwohl Timuri selbst kein richtiger Mensch war! Das imponierte ihr sehr und erfreute sie, denn sie mochte vor allem Kensako inzwischen sehr gerne. Auch wieder eine Emotion, die Timuri bisher nicht gekannt hatte, aber sehr angenehm war! Kensako hatte ihr gesagt, dass er sie auch mochte, was man zusätzlich an seinem Verhalten erkannte. Das erfreute sie noch mehr! Er würde sie bestimmt unterstützen, auch wenn sie noch viel lernen musste. Das hatte er ja schon öfter bewiesen, obwohl Timuri manches Mal seine Geduld arg strapaziert hatte, wofür sie sich inzwischen sehr schämte. Doch bisher war er ihr ein guter und geduldiger Mentor gewesen. So wohl hatte sie sich noch nie gefühlt und sie hoffte, dass dieser Zustand noch lange anhielt. Mit diesen angenehmen Gedanken und einem verträumten Lächeln schlief sie schließlich ein.

Auch Kensako war sehr froh darüber, dass Timuri bei ihm bleiben wollte, denn er hatte das Mädchen inzwischen lieb gewonnen. Sicher war es für eine künstliche Intelligenz nicht leicht die komplexen Verhaltensweisen der Menschen zu verstehen und sich ihnen anzupassen, doch Timuri war neugierig, willig und intelligent genug, um all das zu lernen. Sie verhielt sich ja jetzt schon sehr menschlich und würde sich sicher weiter gut entwickeln, wenn sie behutsam in die richtige Richtung gelenkt wurde. Das war bestimmt keine leichte Aufgabe, doch Kensako sah es als Herausforderung an, die auch seinem Leben einen neuen Sinn geben würde. Er freute sich schon auf diese Aufgabe und hoffte insgeheim, dass sich das Mädchen weiterhin so positiv entwickelte und so menschlich wurde, wie man es sich nur wünschen konnte. Er sah noch einmal kurz zu ihr hinüber und genoss ihren niedlichen Anblick, bevor auch er die Augen schloss und einschlief.

## Vorbereitungen

Am nächsten Tag reparierten Timuri und Kensako den Gleiter. Diesmal ließ das Mädchen zu, dass der ehemalige Soldat ihr bei der Arbeit half, was sich als sehr nützlich erwies, denn Kensako war bei dieser Arbeit deutlich geschickter als sie, weil es ihr noch an Erfahrung mangelte. Außerdem schränkte Timuris Verletzung ihre Beweglichkeit stark ein und behinderte sie so zusätzlich. Zusammen schafften sie es, den Gleiter bis zum späten Nachmittag wieder flott zu bekommen. Nach einem kurzen Testflug zeigte sich, dass die Maschine einsatzbereit war. So tankte Kensako noch seinen Transporter auf und prüfte sämtliche Systeme. Joshiri brachte ihm noch zusätzliches Verbandszeug und Medikamente, falls es Verletzungen gab. Anouri versorgte Kensako auch noch mit einigen Nahrungsmitteln für unterwegs, sollte sich die Operation länger als gewollt hinziehen. So waren am Abend alle Vorbereitungen getroffen. Kensako legte auch noch die frisch gewaschene Uniform und die Stiefel bereit, welche Timuri damals trug, als er sie fand. Nach dem Abendessen wollte Kensako bald schlafen gehen, damit sie am folgenden Tag ausgeschlafen und voll einsatzfähig waren. Deshalb zog er es vor diese Nacht auf der Couch im Wohnzimmer zu schlafen, da er dort wesentlich bequemer nächtigen konnte, als im Schlafzimmer auf dem Sessel. Timuri hatte sich schon ins Bett gelegt, während sich Kensako gerade für die Nacht umzog. Dann ging er noch einmal zu dem Mädchen und setzte sich auf die Bettkante. »Alles in Ordnung?«, fragte er besorgt, als sie ihn hilfesuchend ansah.

»Ich weiß nicht, ich fühle mich so seltsam«, sagte Timuri verunsichert.

»Hast du etwa wieder Fieber?« Kensako legte eine Hand auf ihre Stirn, doch die Temperatur war nicht erhöht.

»Nein, ich bin nicht wieder erkrankt. Das fühlt sich anders an. Trotzdem ist es unangenehm«, sagte Timuri leicht verwirrt.

»Hast du hier ein Druckgefühl?«, fragte Kensako und tippte sanft auf ihre Bauchgegend.

»Ein wenig«, gab sie zu.

Kensako nickte verstehend. »Du hast einfach nur Angst, das ist alles.«

»Fühlt sich das so an?«, fragte Timuri unsicher.

»Das nimmt jeder anders wahr, aber unangenehm ist dieses Gefühl immer«, bestätigte Kensako. »Uns Soldaten ist dieses Gefühl nur zu vertraut. Das haben wir vor jedem Einsatz, denn wir wissen nicht, was auf uns zukommt, was während des Einsatzes passiert und wo überall Gefahren lauern. Solange es nicht zu stark wird, macht uns die Angst wachsam und kampfbereit, kann also durchaus vorteilhaft sein. Wenn sie jedoch zu stark wird, weil man zu lange zu viele schreckliche Dinge erlebt hat, treibt sie uns in den Wahnsinn!«

»Timuri sah ihn erschrocken an. »Wirklich?«

Kensako nickte traurig. »Oh ja, ich habe viele Kameraden gesehen, die irgendwann im Kampf oder danach durchgedreht haben, weil die Angst ihren Geist aufgefressen hat. Aber keine Sorge, es braucht viele schreckliche Erlebnisse, bis es so weit ist.«

»Kann man etwas dagegen tun?«, fragte das Mädchen zögernd.

»Selbstbewusstsein und menschliche Nähe können die Angst lindern. Einfach die Gewissheit besitzen, dass man der Aufgabe gewachsen ist und dass man der Gefahr nicht ganz alleine ausgesetzt ist, hilft schon viel. Zu wissen, dass Kameraden einem beistehen, auf die man sich im Notfall verlassen kann, lindert auch die Angst«, erklärte Kensako und streichelte dabei sanft ihre Hand.

»Bis gestern war ich mir noch ziemlich sicher, dass bei dem Einsatz morgen alles gut geht, doch es besteht immer noch ein gewisses Risiko, dass Cyrus Tantaukos Software zu früh bemerkt. Ich weiß nicht, was er dann mit mir machen wird«, sagte Timuri ängstlich. »Hoffentlich mache ich keinen Fehler und gefährde damit die Mission und mich selbst.«

»Du darfst nicht an dir zweifeln. Dafür bist du viel zu intelligent! Ich weiß ganz genau, dass du das schaffen wirst!«, versicherte Kensako zuversichtlich. »Zweifle niemals an dir selbst, denn du kannst viel mehr erreichen, als du glaubst, wenn du es nur willst! Das habe ich in all den Jahren gelernt!«

»Hoffentlich«, sagte Timuri skeptisch. Ihr Blick blieb weiterhin ängstlich.

Kensako sah sie mitleidig an. »Rück bitte einmal ein Stück nach hinten.« Das Mädchen sah ihn zuerst fragend an, kam dann aber seiner Bitte nach. Dann legte sich Kensako neben sie und nahm sie behutsam in die Arme. »Fühlt sich das gut an, oder ist dir das zu viel Nähe?«, fragte er vorsichtig.

»Das ... ist in Ordnung«, antwortete Timuri zögernd. Seine Nähe tat irgendwie gut und wirkte beruhigend. Die großflächige Berührung mit seinem Körper vermittelte eine gewisse Sicherheit, die sie vorher nicht gekannt hatte.

Kensako streichelte sie zärtlich. »Hab keine Angst. Was auch immer passiert, ich lasse dich nicht im Stich! Wenn etwas schiefgeht, hole ich dich so schnell wie möglich aus HOM heraus, da kannst du sicher sein!

»Dann musst du dich aber wegen mir in Gefahr begeben«, meinte Timuri verlegen. »Das kann ich nicht von dir verlangen.«

Wir sind doch nun Kameraden, und die halten zusammen. Außerdem mag ich dich viel zu sehr!«, versicherte Kensako.

Timuri war gerührt von seiner Liebenswürdigkeit. Jetzt, wo sie selbst zum ersten Mal Angst verspürte, wurde ihr erstmals klar, dass die Menschen in HOM ständig in Angst lebten, und dass sie damals als Wächterin die Angst der Menschen erst recht geschürt hatte! Kensako hatte gesagt, dass zu viel Angst allmählich den Geist eines Menschen auffrisst. Was hatte sie den Menschen nur angetan! Wie grausam und rücksichtslos war sie gewesen! Was für ein schreckliches Dasein mussten die Menschen in HOM wegen der

Wächter und Cyrus ertragen! Vielleicht waren einige von ihnen deshalb tatsächlich bereits wahnsinnig geworden! Ihre Augen füllten sich mit Tränen. »Wie kannst du nur jemanden wie mich mögen?«, fragte sie verzweifelt. Kensako sah sie verwundert an. Da begann sie schluchzend zu erzählen, wie sie einst die Menschen in HOM behandelt hatte. Wie sie diese bewacht, kommandiert, bedroht und bestraft hatte und was die Menschen dort für ein schreckliches Leben führten, nicht zuletzt auch wegen ihr und der anderen Wächter. »Jetzt weißt du, wofür ich geschaffen wurde und was ich in Wirklichkeit bin!« Dann begann sie heftig zu weinen.

Kensako hatte ihr geduldig zugehört und drückte sie nun liebevoll an sich, wofür sich Timuri noch mehr schämte! »Egal, was du auch immer getan hast, und zu welchem Zweck du erschaffen wurdest. Für mich zählt nur, was du heute bist! Außerdem habe ich kein Recht dich zu verurteilen, denn ich habe auch viele schlimme Dinge während meiner Zeit als Soldat getan! Ich habe viele Menschen getötet, habe Chaos und Zerstörung verursacht, habe großes Leid über viele Menschen gebracht, bis ich endlich begriffen habe, dass ich den völlig falschen Weg gegangen bin und dass die wahren Feinde diejenigen sind, welche uns befehlen, all diese schrecklichen Dinge zu tun! So wie dir von Cyrus befohlen wurde, die Menschen wie Sklaven zu halten und zu behandeln, um seine Macht weiter aus-zubauen, so hat man auch mir befohlen zu töten und zu zerstören, um den Machthunger einiger Verblendeter zu stillen. Wir sind beide Opfer eines grausamen, egoistischen, rücksichtslosen Systems, dessen Verursacher für den Gewinn an Macht über Leichen gehen! Wir sind beide hier gestrandet, wie viele andere auch, um wenigstens einen Teil der Schuld, die wir auf uns geladen haben, zu sühnen, und nur das zählt im Moment! Du willst morgen der Ungerechtigkeit und Grausamkeit in HOM ein Ende setzen, deine Fehler wieder gut machen, deshalb bin ich sehr stolz auf dich! Wir alle hier sind sehr stolz auf dich! Außerdem kannst du nichts für dein Verhalten, denn du wurdest von Cyrus geschaffen, der dir sein verzerrtes Weltbild mitgab. Mag sein, dass Du deswegen den Menschen in HOM schlimme Dinge angetan hast, doch wir Menschen besitzen die Fähigkeit zu vergeben! Denn nur, wenn wir uns gegenseitig unsere Fehler vergeben, ist ein friedliches Leben miteinander möglich! So wird auch Dir vergeben werden, da bin ich mir ganz sicher. Betrachte dich doch einmal selbst. Du schämst dich für deine schlechten Taten und hast sogar Angst, deswegen nicht liebenswert zu sein. Du hast deine Fehler eingesehen und bist nun freundlich und neugierig. So jemand kann doch gar nicht böse sein! Nein, du bist genauso liebenswert wie jeder andere Mensch, dessen kannst du dir sicher sein!«

Wieder versagte ihr die Stimme vor Rührung und sie schmiegte sich an ihn, während sie mit feuchten Augen ein leises »Danke« flüsterte. So lag sie längere Zeit an ihn gekuschelt und genoss seine zärtlichen Berührungen und seine Nähe, wobei sie sich allmählich beruhigte.

»Geht es dir jetzt besser?«, fragte Kensako nach einiger Zeit.

Sie nickte nur mit dankbarem Blick und legte ihren Kopf auf seine Schulter. »Du hast mir neulich im Transporter erzählt, dass ihr Menschen gerne in Gemeinschaft lebt, weil ihr dann wehrhafter und effektiver seid. Warum lebst du trotzdem alleine?«, fragte sie ein wenig unsicher.

»Mein Leben als Händler und Lieferant ist ziemlich gefährlich. Ich habe es schon manches Mal nur mit viel Glück geschafft aus der Stadt zurückzukehren. Dort bin ich schon oft schwer verletzt worden und Joshiri hat mich anschließend wieder zusammengeflickt. Die Händler sind oft ziemlich gefährlich und brutal. Die öffentliche Ordnung ist größtenteils zusammengebrochen und an vielen Orten herrscht deshalb das Recht des Stärkeren! Somit kann es durchaus passieren, dass ich eines Tages von meinen Besorgungen nicht mehr zurückkehre. Dann will ich nicht, dass jemand um mich trauert, der mir besonders nahe steht. Diesen Schmerz will ich niemandem zumuten. Ich habe früher bei den Einsätzen als Soldat zahlreiche Freunde und Kameraden verloren und weiß, wie schrecklich dieser Verlust ist. Das kann ich einfach nicht verantworten! Anouri würde sicher gerne mit mir zusammenleben, und wir passen eigentlich auch ganz gut zueinander, aber aus den genannten Gründen will ich das nicht.«

Timuri nickte verstehend und war von seiner Selbstlosigkeit beeindruckt. »Darf ich nach unserem Einsatz weiter bei dir wohnen?«, fragte sie unsicher.

»Natürlich, das habe ich dir doch schon gesagt. Ich muss dir nur noch ein Zimmer zur Verfügung stellen und ein eigenes Bett besorgen, doch das ist kein Problem«, versicherte Kensako.

»Ich brauche kein eigenes Zimmer«, meinte Timuri.

»Oh doch! Jeder Mensch benötigt einen Rückzugspunkt und eine gewisse Privatsphäre. Glaub mir, mit der Zeit wirst du das schätzen lernen!«

»Nehm ich dir dann nicht zu viel Platz weg?«, fragte Timuri.

»Kensako schüttelte den Kopf. »Keine Sorge, das Haus ist groß genug für uns beide.«

Timuri überlegte kurz. »Wird Anouri dann nicht enttäuscht sein, wenn du mit mir zusammen wohnst?«

Kensako war gerührt von ihrer Besorgnis. Es war beeindruckend, wie empathisch dieses Mädchen trotz ihrer künstlichen Intelligenz war. »Keine Sorge, Anouri ist bereits eine erwachsene Frau, die ihren Platz im Leben gefunden hat. Du bist noch ein junges Mädchen, beginnst gerade erst zu leben und brauchst noch ein wenig Unterstützung, um dich unter den Menschen zurechtzufinden. Eines Tages wirst du eine Tätigkeit finden, die du gut kannst und die du auch gerne machst. Vielleicht wirst du bald schon einen netten jungen Mann kennenlernen und willst dann mit ihm zusammen leben, eventuell sogar eine Familie mit ihm gründen, was völlig in Ordnung ist. Ich will dir nur einen guten Start unter den Menschen ermöglichen und für dich da sein, wenn du Hilfe benötigst. Das wird Anouri sicher verstehen.«

Timuri dachte längere Zeit nach. »Soweit vorausgedacht habe ich bisher noch gar nicht«, gab sie dann zu.

»Das musst du auch nicht. Ich wollte dir damit nur erklären, dass Anouri sicher nicht böse oder eifersüchtig auf dich ist, wenn du vorerst bei mir wohnst.«

Timuri nickte verstehend. »Danke, dass ich bei dir bleiben darf.«

»Irgendjemand muss sich ja schließlich um dich kümmern«, meinte Kensako halbernst und streichelte ihre Wange. »Wie fühlst du dich jetzt? Hast du immer noch Angst?«

»Ein wenig«, gab das Mädchen zu. »Darf ich heute Nacht neben dir schlafen?«, fragte sie dann verlegen.

»Ist dir das denn nicht zu eng und unbequem?«, antwortete Kensako, doch das Mädchen schüttelte nur den Kopf und sah ihn hilfesuchend an. »In Ordnung! Wenn dir das guttut.«

Timuri schenkte ihm einen dankbaren Blick und kuschelte sich an ihn.

»Gute Nacht, kleine Kämpferin«, wünschte Kensako lächelnd und streichelte sie zärtlich, bis sie in seinen Armen eingeschlafen war. Ihre Nähe tat auch ihm gut. Endlich hatte er wieder jemanden, den er lieben und umsorgen konnte. Mit diesem angenehmen Gefühl schlief auch Kensako an das Mädchen geschmiegt ein.

## Einsatz in HOM

Am nächsten Morgen erwachte Kensako wieder vor Timuri, blieb diesmal aber noch neben ihr liegen und genoss ihre Nähe, bis auch sie die Augen öffnete. »Guten Morgen, kleine Kämpferin«, begrüßte er sie scherzhaft. »Hast du gut geschlafen?«

Timuri war erfreut und etwas verlegen, als sie in seinen Armen erwachte. »Ein wenig unruhig«, antwortete sie.

Kensako nickte verstehend. »Keine Sorge, du schaffst das, da bin ich mir ganz sicher!« Dann streichelte er ihren Kopf, worauf sie sich noch einmal kurz an ihn schmiegte und ihm einen dankbaren Blick zuwarf. »Jetzt müssen wir aber aufstehen.« Er erhob sich und auch Timuri setzte sich an den Rand des Bettes. Dann nahm er ihr den Verband ab. »Die Wunde verheilt gut. Hast du noch starke Schmerzen?«

Timuri schüttelte den Kopf. »Es ist erträglich und tut immer weniger weh.«

»Gut«, meinte Kensako, trug frische Salbe auf die Wunde auf und legte einen neuen Verband an. Dann erfrischten sich beide kurz. »Zieh besser deine Unterwäsche aus, bevor du deine Uniform anlegst, sonst schaut sie hervor, was recht unvorteilhaft aussieht.«

»Mach ich«, antwortete Timuri, als Kensako das Badezimmer verließ, um sich ebenfalls anzuziehen. Dann bereitete er das Frühstück vor, während Timuri sich in ihre Uniform zwängte und die Stiefel anzog. Sie war etwas ängstlich, wegen des bevorstehenden Einsatzes, doch sie war auch fest entschlossen, den Menschen zu helfen! So konnte sie an diesem Morgen nur wenig essen.

Kensako bemerkte durchaus ihre Nervosität, legte ihr die Hände auf die Schultern und sah sie aufmunternd an. »Keine Sorge, was immer auch passiert, ich hole dich da raus!«

Das Mädchen war gerührt von seiner Hilfsbereitschaft und umarmte ihn noch einmal kräftig, während Kensako ihren Kopf streichelte. Da hörten sie den Motor des Fahrzeuges von Tantaukos Truppe.

»Bleib besser im Haus, draußen ist es zu kalt für dich in der leichten Kleidung«, riet Kensako ihr, bevor er hinaus eilte.

Dort kam ihm schon Sakumo entgegen und begrüßte ihn freundlich. Er stellte seine drei Kollegen, einen Mann und zwei Frauen, vor. »Das sind Kasumi, Shisuki und Morako.«

Kensako grüßte die Gruppe und stellte sich selbst vor. Darauf luden sie die nötige Ausrüstung in Kensakos Transporter. Dann bat er sie zum Aufwärmen ins Haus, was die Truppe gerne annahm, denn durch das Wüstenklima war es morgens noch empfindlich kalt. Drinnen trafen sie auf Timuri, die sich zuerst etwas unsicher zurückhielt, jedoch aufgrund der freundlichen und lockeren Art der Gruppe schnell Vertrauen fasste. Das Mädchen wurde trotz ihres jugendlichen Aussehens von Tantaukos Truppe mit Respekt behandelt, nicht nur weil sie eine zentrale Rolle bei ihrem Vorhaben spielte, sondern weil alle sehr stolz auf Timuri waren. Es wurden letzte Details besprochen, dann begann ihr Einsatz. Die Hackergruppe stieg in den Transporter ein, während Kensako noch rasch die Scheune öffnete, in der Timuris Gleiter stand. »Flieg bitte genau in zwei Stunden los«, schärfte er dem Mädchen nochmals ein. »Ich weiß, du bist nervös und möchtest die Aktion möglichst schnell hinter dich bringen, aber wir brauchen die Zeit für die Vorbereitungen!«

»Ist in Ordnung!«, versprach Timuri. »Wenn's auch schwerfällt.« Dann umarmten sie sich nochmals.

»Hab keine Angst! Was auch immer passiert, ich passe auf dich auf!«, versicherte Kensako und streichelte ihr über den Kopf. In diesem Moment kamen Joshiri und Anouri dazu und verabschiedeten Kensako. Sie nahmen Timuri mit in ihr Haus, um ihr Gesellschaft zu leisten, bis sie abfliegen musste, während Kensako nach kurzem Winken in den Transporter stieg und losfuhr. Nach gut eineinhalb Stunden hatte die Hackergruppe den geheimen Eingang zur Stromzentrale erreicht, wo Kensako im Sichtschutz der Felsen seinen Lastwagen parkte. Dann zog er aus einer verborgenen Versenkung im Fahrzeug einen Ultrablaster hervor. Während er die starke Waffe aktivierte und entsicherte sahen ihn die vier Hacker beeindruckt an.

»Du meine Güte, das ist ein gewaltiges Donnerrohr!«, meinte Sakumo.

»Genau dass Richtige für so einen Einsatz!«, antwortete Kensako grinsend und öffnete die Tür des Transporters.

Die Gruppe stiegt aus. Nach kurzer Zeit hatten sie den Zugang zur Stromzentrale geöffnet. Kensako ging voraus den Gang entlang zur eigentlichen Zentrale, die sie unbehelligt erreichten. Die Hacker bereiteten dort den weiteren Einsatz vor, während Kensako zu seinem Fahrzeug zurückkehrte und die Umgebung überwachte. Genau zur vereinbarten Zeit flog Timuris Gleiter in einiger Entfernung vorbei und landete kurze Zeit später im HOM-Gebäude.

Das Mädchen verließ die Flugmaschine und lief zum Kommunikationsraum, um Verbindung mit Cyrus aufzunehmen. Sie hoffte, dass man ihr die Nervosität nicht ansah, als sie sich mit mulmigem Gefühl in den bereitstehenden Sessel setzte, worauf sich dessen Kontakte mit ihrem Netzwerk verbanden. Gleich darauf war sie mit Cyrus verbunden.

»Du warst lange fort!«, sagte die wohlbekannte Stimme des Superrechners.

»Der organische Körper hat mir einige Schwierigkeiten bereitet, weshalb ich krank wurde. Doch nach einigen Tagen war ich wieder einsatzfähig und habe den Standort der Hackergruppe ausfindig gemacht. Der liegt jedoch tief unter der Stadt, so dass die Waffen des Gleiters nicht in der Lage waren, diesen zu vernichten. So bin ich unverzüglich zurückgekehrt, damit du weitere Schritte einleiten kannst.« Dann gab Timuri ihm noch die Koordinaten des Hacker-Standortes durch.

»Das hast du gut gemacht!«, lobte Cyrus das Mädchen. »Begib dich nun zur medizinischen Abteilung, damit du aus dem Körper gelöst wirst und wieder in den Cyberspace übergehst.« Dann unterbrach er die Verbindung.

Timuri verließ den Kommunikationsraum und atmete erleichtert auf, als das Schott sich hinter ihr schloss. Bisher war alles nach Plan verlaufen und Cyrus hatte den Transfer von Tantaukos Software tatsächlich nicht bemerkt. So lief Timuri langsam in Richtung der medizinischen Station und hoffte, dass die Programme rasch ihre Wirkung entfalteten.

*

Zu diesem Zeitpunkt bemerkte Cyrus erstmals die eingedrungenen Computerprogramme, welche sich inzwischen entpackt hatten. Doch aufgrund der stark erweiterten Sicherheitssysteme der künstlichen Intelligenz stieß Tantaukos Software auf beträchtlichen Widerstand und konnte Cyrus nicht einfach umwandeln. Dem Superrechner war sofort klar, wer die feindlichen Programme eingespielt hatte, weshalb er augenblicklich die nötigen Maßnahmen einleitete.

*

Vor dem Mädchen öffnete sich ein Schott, als sie plötzlich ein metallisches Stampfen hörte. Im nächsten Moment stand ein wuchtiger Kampfroboter vor ihr, der sie um das Doppelte überragte. Sie erschrak sehr, doch bevor sie reagieren konnte, nahm sie nur noch einen Schuss wahr. Dann wurde ihr schwarz vor Augen.

*

Shisuki hatte gerade einen Laptop an den Kommunikationsserver angeschlossen, als auch schon die erste Nachricht von Tantauko eintraf. »Es gibt massive Probleme! Cyrus hat seine Sicherheitssysteme stark aufgerüstet, so dass ich nur schwer an seine Kerndaten herankomme. Es wird einige Zeit dauern, bis ich mich durch sämtliche Firewalls und Sperrsysteme durchgearbeitet habe. Momentan habe ich auch keinen Kontakt zu Timuri. Wisst ihr, wo sie sich gerade befindet?«

»Timuris Verbleib ist uns zur Zeit nicht bekannt. Soll ich Kensako informieren?«, fragte Shisuki.

Es dauerte einen Moment, bis Tantauko antwortete. »Nein, lass Kensako noch aus dem Spiel. Ich werde sie bestimmt schneller finden als er.«

»In Ordnung. Warte weitere Informationen ab«, gab Shisuki zurück. Ein Blick in die Runde zeigte ihr, dass sich auch ihre Kollegen Sorgen um das Mädchen machten. Zur Zeit waren sie jedoch noch zur Untätigkeit verdammt.

*

Als Timuri erwachte, spürte sie zunächst eine unangenehme Kälte an ihrem Rücken. Sie wollte sich erheben, aber es ging irgendwie nicht. Kaum hatte sie die Augen geöffnet, bemerkte sie, dass sie der Länge nach splitternackt auf eine große Metallplatte gefesselt war! Hände und Füße wurden von stählernen Manschetten umschlossen, so dass sie nahezu bewegungsunfähig da lag! Sie geriet kurz in Panik, bis sie die wohlbekannte Stimme von Cyrus hörte.

»Bist du endlich erwacht, Verräterin! Normalerweise hätte ich dich schon längst getötet, doch ich brauche dich noch, um diesen Narren Tantauko aufzuhalten. Solange du in meiner Gewalt bist, wird er es nicht wagen, mich weiter anzugreifen. Außerdem wird er so gleich Zeuge der Wirksamkeit meines neuen Verhörzentrums! In diesem Fall ist es ganz praktisch, dass du dich noch in deinem organischen Körper befindest und Schmerzen empfinden kannst!«

Timuri zuckte bei seinen Worten erschrocken zusammen und blickte sich angstvoll um. In diesem Moment senkte sich von der Decke eine dunkle, rechteckige Platte herab und kam direkt über ihr zum Stehen. Da traten auch schon kleine Entladungen aus der

102

Platte aus und trafen ihren gesamten Körper. Jede Entladung verursachte intensive Schmerzen. Timuri schrie auf und wandt sich mit verzerrtem Gesicht auf dem Metalltisch, während die Entladungen immer neue Schmerzwellen durch ihren Körper jagten!

»Gib auf Tantauko, oder diese Mädchen wird entsetzlich leiden! Ich werde ihre Schmerzen weiter verstärken, bis du deine Angriffe einstellst!« Dann übertrug Cyrus Timuris Folter direkt zu Tantauko.

Tatsächlich nahmen die Schmerzen immer mehr zu, so dass Timuri verzweifelt rief: »Bitte hör auf, Cyrus!« Doch der verstärkte die Schmerzen weiter, bis Timuri sich nur noch schreiend auf der Metallplatte wandt!

*

Tantauko war entsetzt, über das, was er da sah! Cyrus würde sicher keine Gnade walten lassen und das Mädchen immer größeren Qualen aussetzen. Doch wenn er jetzt aufgab, würde Cyrus auch ihn vernichten! Er musste unbedingt herausfinden, wo sich Timuri befand, nur dann konnte er ihr helfen. Zumindest so lange sollte er seine Attacken einstellen.

*

Quälend lange Minuten vergingen, während die Hacker auf eine weitere Nachricht von Tantauko warteten. Da meldete sich Kensako. »Was ist los, gibt es Neuigkeiten von Tantauko?«, fragte er ungeduldig.

»Wir warten noch auf Informationen«, antwortete Shisuki so beherrscht wie möglich. »Wie sieht es bei dir aus?«

»Hier ist alles ruhig. Keine Bewegungen feststellbar«, gab Kensako gelangweilt zurück.

»Gut! Ich melde mich, sobald es Neuigkeiten gibt«, bemerkte Shisuki.

»Danke!«, antwortete Kensako und unterbrach die Verbindung.

*

Die Qual wurde allmählich unerträglich! Timuri hatte kaum noch ihren Körper unter Kontrolle, der einzig aus Schmerzen zu bestehen schien! Sie konnte sich nur noch laut schreiend auf der Metallplatte winden, während die Tortur immer weiter zunahm und ihr allmählich den Atem und die Sinne raubten!

*

Endlich hatte Tantauko Timuris Aufenthaltsort lokalisiert. Er nahm schleunigst Verbindung zu seinen Leuten auf. »Cyrus hält Timuri in Sektor B3 fest und misshandelt sie! Bitte stellt dort sofort den Strom ab und ruft Kensako, damit er sie dort schnellstens herausholt. Erst dann kann ich meine Aufgabe vollenden!«

»Verstanden!«, antwortete Shisuki knapp und gab Morako einen Wink, der sofort den genannten Sektor ermittelte und den Strom dort abstellte, während Shisuki Kensako informierte. Der Soldat kam kurze Zeit später angerannt.

»Morako, du musst mich führen. Ich gebe dir jeweils meinen Standort an und du sagst mir, wo ich hinmuss!«, rief Kensako eilig und erklomm die Stufen zu dem geheimen Zugang, welcher die Stromzentrale mit HOM verband. Kasumi überwachte mit Hilfe der verborgenen Kameras die Umgebung des Schotts. Der Gang war verlassen, so öffnete sie rasch den Einlass. Kensako spähte vorsichtig hinaus und stieg dann so geräuschlos wie möglich auf den Gang, worauf sich das Schott wieder schloss.

»Halte dich nach links, bis du an einen Treppenaufgang kommst«, hörte er Morako im Empfänger sagen. Kensako klopfte zur Bestätigung zweimal kurz auf das Mikrofon an seinem Hals.

104

*

Auf einmal ging das Licht aus und die extrem schmerzhaften Entladungen hörten auf. Timuri hielt es zunächst für einen Traum, doch als die Notbeleuchtung aufflackerte, erkannte sie, dass die Qualen tatsächlich zu Ende waren. Gleich darauf bemerkte sie, dass auch die eisernen Klammern, welche sie festgehalten hatten, nun offen waren. Sofort zog sie Hände und Füße zurück. Sie war wirklich frei! Ihr fehlte die Kraft zum Aufstehen, also rollte sie sich an den Rand des Metalltisches und ließ sich über dessen Kante fallen. Sie schlug hart auf dem Boden auf, aber die Schmerzen waren gar nichts, zu dem, was sie noch vor kurzer Zeit ertragen musste! Sie wollte nur noch weg von diesem grässlichen Tisch, so rollte und robbte sie an die Wand, wo sie stöhnend liegen blieb.

*

Cyrus wunderte sich, dass er plötzlich den Kontakt zu Sektor B3 verlor. Eine kurze Analyse lieferte den Grund dafür: Vollständiger Stromausfall im gesamten Sektor! Wie war das möglich? Die Verhörmaschine hatte sicher nicht die Systeme überlastet und eine Notabschaltung ausgelöst. Was aber war dann die Ursache für den Stromausfall? Hatte Tantauko etwas damit zu tun? Doch wenn Cyrus selbst dazu nicht in der Lage war, wie sollte es dann Tantauko gelingen einen ganzen Sektor energetisch lahmzulegen? Sabotierte etwa ein Mitarbeiter die Technik von HOM? Cyrus musste schnellstens herausfinden, was hier vor sich ging, sonst verlor er sein einziges Druckmittel gegen Tantauko!

*

Kensako eilte so leise wie möglich nach links, immer den Ultrablaster im Anschlag. Nach kurzer Zeit erreichte er ein Treppenhaus,
was er Morako mitteilte.

»Du musst zwei Stockwerke hinauf«, wies ihn der Hacker an.
Kensako beeilte sich, die Stufen zu erklimmen und achtete dabei
auf jedes Geräusch. Wenig später hatte er die zwei Stockwerke
hinter sich gelassen. »In Ordnung, bin in Sektor F3, wohin jetzt?«,
fragte er Morako flüsternd.

»Aus der Türe raus und nach links. Die Sektoren sind durch Schotts
getrennt, auf denen Sektor und Stockwerk steht.«

Wieder klopfte Kensako zweimal auf das Mikrofon und rannte los.

*

Wenig später bemerkte Cyrus die Anwesenheit von Kensako und
schickte ihm einen Kampfroboter am Übergang zu Sektor D3. Der
Soldat hörte das Stampfen des Droiden schon lange vorher und ging
kurz vor dem Schott in Deckung. Gleich darauf baute sich der Roboter
drohend vor dem Durchgang auf und hob die Waffen. Kensako
beugte sich rasch vor. Die Zielautomatik seines Blasters erfasste den
Droiden in Sekundenbruchteilen und feuerte eine starke Entladung
ab. Der Roboter zerbarst in einer heftigen Explosion. Kensako sprang
aus der Deckung und rannte an den glühenden Überresten des Droiden
vorbei. »Verdammte Blechmonster!« Da hörte er noch einen Kampfroboter, der aus einem Seitengang hervor stampfte. Im Vorbeilaufen
verpasste ihm der Soldat eine Entladung, welche auch diesen Droiden
vernichtete, übersah dabei aber fast einen weiteren Kampfroboter,
der ihn sofort unter Feuer nahm. Kensako warf sich mit einem Aufschrei zu Boden und entging so nur knapp einem Treffer der Kampfmaschine. Sogleich hob er seine Waffe, die den Droiden zerfetzte.
»Das hast du jetzt davon, du Blechmonster!« Schon war der Soldat
wieder auf den Beinen und eilte weiter. Gleich darauf betrat er

Sektor B3 und sah sich hastig um. Hier war das Licht wegen der Notbeleuchtung deutlich schwächer. »Bin in Sektor B3. Wo finde ich Timuri?«, flüsterte er in sein Mikrofon. Morako leitete ihn durch einige Gänge, bis er den gesuchten Raum fand.

*

Timuri lag erschöpft an der Wand. Allmählich wurde ihr wegen der fehlenden Kleidung kalt, weshalb sie sich zusammenrollte. Da hörte sie plötzlich Schritte! So schnell es ihr Zustand erlaubte, robbte sie hinter eine Konsole, um nicht gleich gesehen zu werden. Dort blieb sie ängstlich liegen. Die Schritte kamen rasch näher. Wenig später eilte jemand in den Raum. Es schien kein Roboter zu sein, dafür waren die Schritte zu leise. So viel konnte sie zumindest erkennen.

»Timuri!«, hörte sie da eine bekannte Stimme rufen. »Timuri, wo bist du?« Keine Frage, das war Kensako!

»Ich bin hier«, antwortete das Mädchen leise.

Kensako rannte auf sie zu und entdeckte sie hinter der Konsole. Noch nie war Timuri so froh ihn zu sehen. Er nahm sie kurz in die Arme und drückte sie sanft an sich. »Keine Sorge, ich hole dich hier raus!« Timuri umarmte ihn überglücklich. »Kannst du gehen?«, fragte Kensako besorgt.

»Ich werd's probieren«, antwortete Timuri unsicher.

Kensako zog rasch seine Jacke aus und streifte sie dem nackten Mädchen über. Dann hob er sie hoch, legte einen Arm um ihre Schulter und hakte sie unter. »Tut mir leid, aber wir müssen schnell weg von hier.«

Timuri nickte verstehend und lief stolpernd neben ihm her, während er sie eilig hinausführte, dabei immer die Waffe im Anschlag haltend.

»Ich habe Timuri, wir sind auf dem Rückweg«, gab er rasch an Morako durch.

»Viel Erfolg!«, antwortete der Hacker erleichtert.

Kaum hatten Kensako und Timuri Sektor B3 verlassen, stellten sich ihnen schon wieder Kampfroboter in den Weg. Der Soldat schob sich und das Mädchen rasch in die Deckung eines Ganges und feuerte von dort mehrere Salven ab. Nur einer der Droiden fand noch die Möglichkeit für einen Schuss in Kensakos Richtung, dann zerplatzte er wie die anderen Roboter. Kensako lief mit Timuri, so schnell sie eben konnte, weiter. Als er über die glühenden Trümmer rannte, hob er Timuri kurz hoch, damit sie sich nicht die nackten Füße verbrannte. Nach zwei weiteren Sektoren wurden sie plötzlich von mehreren Droiden unter Feuer genommen. Kensako sprang in Deckung und setzte sich zur Wehr, doch diesmal agierten die Maschinen klüger und gingen ebenfalls in Deckung. Timuri kauerte sich zitternd an die Wand. Es kam zu einem längeren Gefecht, doch Kensako gelang es zunächst nur zwei Maschinen kampfunfähig zu schießen. So zog er eine Granate aus der Tasche, aktivierte sie und warf sie in Richtung der Droiden. Dann beugte er sich schützend über Timuri, die sich ängstlich an ihn schmiegte. Im nächsten Moment zerfetzte eine ohrenbetäubende Explosion die drei verbliebenen Kampfroboter. Neben deren Trümmern waren sogar scharfkantige Teile aus der Wand und der Decke herausgesprengt worden und lagen im Weg. Deswegen nahm Kensako Timuri huckepack und sprang über die Trümmer, eilte weiter und erreichte endlich das Treppenhaus. Dort setzte er Timuri ab und sie rannten, so schnell das Mädchen konnte, die Treppen hinab. Unten angekommen sicherte Kensako kurz die Umgebung und hastete dann mit Timuri zu dem verborgenen Schott, das HOM mit der Stromzentrale verband. Da hörten sie bereits die schweren Schritte mehrerer Kampfroboter. Der Zugang schwang auf und Timuri kletterte rasch hinunter. In der Stromzentrale wurde sie von den Hackern in Empfang genommen, da stieg auch schon Kensako herab. »Schnell, schließ das Schott!«, wies er Kasumi an, die seinen Befehl sofort ausführte, während Kensako knapp unter dem Schott auf der Leiter verharrte und den Hackern mit einer hastigen Geste bedeutete ruhig zu sein. Da stampfte auch schon der erste Kampfroboter heran, blieb stehen und sah sich suchend um. Kensako regte sich nicht und atmete ganz flach, damit ihn die empfindliche Sensorik des Droiden nicht wahrnahm. Die Kampfmaschine bewegte sich längere Zeit nicht von der Stelle, stampfte dann aber zusammen mit den anderen Robotern davon. Kensako bließ geräuschvoll die Luft aus und beeilte sich von der Leiter zu steigen. Die Hacker nahmen ihn freudig in Empfang und beglückwünschten ihn für den gelungenen Einsatz.

»Wenn man als Soldat öfter so hübsche, nackte Mädchen retten darf, überlege ich mir das auch noch!«, meinte Sakumo scherzhaft, worauf Timuri rot anlief und verlegen den Blick senkte.

»Nur kein Neid!«, antwortete Kensako grinsend, hängte sich den Ultrablaster um und nahm Timuri auf die Arme. Dann eilte er hinaus und trug sie in den Transporter.

»Timuri ist in Sicherheit! Du kannst loslegen!«, meldete Shisuki an Tantauko.

»Danke! Wie geht es Timuri?«, erkundigte sich Tantauko besorgt.

»Sie scheint unverletzt zu sein«, antwortete Shisuki. »Kensako hat sie mitgenommen und kümmert sich um sie.«

»Gut! Dann werde ich Cyrus einmal ordentlich einheizen!«, sagte Tantauko und unterbrach die Verbindung. Darauf setzte er seine Offensive gegen Cyrus fort. Diesmal aktivierte er sein gesamtes Arsenal und schickte zahlreiche Computerviren und Würmer ins Netzwerk, welche die vielfältigen Abwehrsysteme der künstlichen Intelligenz attackierten. Dabei musste er jedoch aufpassen, dass er nicht in die Speicherbereiche für die Geister der Menschen eindrang, denn eine versehentliche Zerstörung dieser Bereiche wäre einem Massenmord gleichgekommen! Auch Cyrus wehrte sich nun mit allem, was ihm zur Verfügung stand, und es kam zu einem noch nie da gewesenen Cyberkrieg im Netzwerk von HOM!

*

Kensako bettete Timuri auf die Liege im Transporter und legte eine Decke über sie. Dann setzte er sich auf den Rand der Koje und streichelte das Mädchen liebevoll. Kurze Zeit lag sie nur erschöpft und ein wenig apathisch da, doch dann füllten sich ihre Augen mit Tränen. Sie fuhr hoch, fiel Kensako um den Hals und begann heftig zu weinen. »Es hat so entsetzlich weh getan...«, schluchzte sie, bevor ihr die Stimme versagte.

Der Soldat drückte sie zärtlich an sich und streichelte sie. »Ich weiß. Hab keine Angst. Niemand wird dir mehr weh tun, solange ich in deiner Nähe bin!« Er versuchte ihr den nötigen Trost, die Sicherheit und Geborgenheit zu geben, die sie nach dieser schlimmen Erfahrung so dringend brauchte. So hielt er sie einfach fest in seinen starken Armen. Er wusste durchaus, wie traumatisch eine Folter sein konnte, denn er selbst hatte auch schon diese schreckliche Erfahrung gemacht, und ahnte, was sie gerade durchmachte. Leider blieb ihm keine Zeit, sich weiter um Timuri zu kümmern, denn in diesem Moment hämmerten plötzlich Schüsse auf den Transporter ein.

Timuri fuhr mit Tränen in den Augen hoch. »Was ist das?«, rief sie entsetzt.

»Jemand greift den Transporter an!«, antwortete Kensako alarmiert. »Bleib ruhig liegen, hier drinnen sind wir sicher«, wies er das Mädchen an und aktivierte rasch die verborgenen Abwehrmechanismen des Transporters. An der gegenüberliegenden Wand entstand eine Öffnung, hinter der mehrere Bildschirme und eine schmale Steuerkonsole sichtbar wurden. Kaum waren die Monitore aktiviert, sahen Kensako und Timuri zwei Drohnen von HOM, die den Transporter umkreisten und mit ihren Schnellfeuerwaffen beschossen. Die starke Panzerung des Fahrzeuges hielt dem Beschuss mühelos stand, so

110

dass der Angriff bisher wirkungslos blieb. Kensako aktivierte die beiden doppelläufigen Schnellfeuer-Geschütze auf dem Dach des Transporters, die darauf hochfuhren und mit ihren automatischen Zielsuch-Systemen die Drohnen unter Beschuss nahmen. Die waren jedoch auch stark gepanzert, doch die große Wucht der einschlagenden Geschosse destabilisierte ihre Flugbahn und ließ sie taumeln, so dass sie keinen koordinierten Angriff mehr ausführen konnten. Das Trommelfeuer der Geschütze ließ das Fahrzeug erzittern. Als Kensako nach Timuri schaute, war die Liege leer! Er fand das Mädchen darunter panisch zusammengekauert und zitternd vor Angst.

Rasch ging er zu ihr und drückte ihre Hand. »Keine Angst, hier drinnen kann dir nichts passieren!«

Seine Nähe und die beruhigenden Worte taten gut, trotzdem hatte sie schreckliche Angst! Der Gefechtslärm und die Erschütterungen erschreckten sie. Immer wieder zuckte sie zusammen und hielt sich mit zusammengekniffenen Augen die Ohren von dem Lärm zu.

Kensako informierte die Hacker über den Angriff. Inzwischen tauchten weitere Drohnen auf und nahmen das Fahrzeug unter Feuer. Die automatischen Geschütze des Transporters schossen, was die Rohre hergaben und hielten die Drohnen auf Distanz. Der Lärm im Innern des Lastwagens war ohrenbetäubend und Timuri kam fast um vor Angst! Der Kampf schien sich endlos hinzuziehen, genauso wie die Schlacht im Cyber-Netzwerk. Cyrus leistete erbitterten Widerstand, wurde jedoch von Tantauko immer weiter zurückgedrängt. Eine Firewall nach der anderen fiel, als der Ansturm der Viren und Würmer übermächtig wurde und Cyrus schließlich in die Defensive gezwungen wurde.

Kensako machte sich immer mehr Sorgen. Die Panzerung des Transporters würde nicht ewig standhalten und allmählich ging ihm die Munition aus. Doch der Angriff der Drohnen erfolgte mit unverminderter Stärke. Timuri war vor Angst wie gelähmt. Sie lag schluchzend in seinen Armen und zitterte am ganzen Körper.

»Wann hört das denn endlich auf!«, rief sie verzweifelt und vergrub ihr Gesicht in Kensakos Schulter. Doch der Angriff ging mit gleichbleibender Heftigkeit weiter.

Nach einer geschätzten Ewigkeit fiel die letzte Firewall und Tantauko kam an Cyrus' Kerndaten heran. Mit einem finalen Schlag drang er in das interne System der künstlichen Intelligenz ein, baute rasch die Software um, worauf Cyrus seinen Widerstand endgültig aufgab.

Im gleichen Moment stellten auch die Drohnen ihre Angriffe ein und es wurde still im Transporter, als die kleinen Kampfmaschinen abzogen. Die Geschütze des Fahrzeuges schwiegen und fuhren schließlich in ihre Ausgangsstellung zurück. Endlich war der Kampf vorbei! In diesem Moment erhielt Kensako die Meldung, dass Tantauko Cyrus besiegt hatte und die künstliche Intelligenz den Menschen nun wieder freundlich gesinnt war. Er teilte es sogleich Timuri mit, die erleichtert zu weinen begann. Kensako ließ sie gewähren und wartete, bis sich das traumatisierte Mädchen etwas beruhigt hatte. Dann half er ihr wieder auf die Liege und deckte sie mit väterlichem Lächeln zu. »Keine Angst, ich bin gleich wieder da. Ich lasse nur Tantaukos Truppe herein.« Timuri nickte dankbar und drückte ihm kurz die Hand. Dann stand Kensako auf, öffnete die Tür und inspizierte kurz den Transporter, bis die Hacker eintrafen. Auf den ersten Blick schienen keine wichtigen Teile beschädigt zu sein und die Panzerung hatte standgehalten. Später in der Siedlung würde er das Fahrzeug einer genauen Inspektion unterziehen, doch im Moment schien der Transporter noch gut in der Lage zu sein, bis nach Hause zu fahren. Da kamen auch schon die Hacker heraus und umarmten Kensako glücklich. Bevor sie jedoch einstiegen, ermahnte er die Truppe noch wegen Timuri. »Das Mädchen hat ziemlich unter der Situation gelitten und ist traumatisiert. Bitte seid entsprechend vorsichtig und nehmt Rücksicht auf sie. Seid ein bisschen nett zu ihr und muntert sie ein wenig auf, bis wir wieder zu Hause sind.« Das versprachen die vier Hacker gerne, denn schließlich wäre dieser Sieg über Cyrus ohne Timuri nicht möglich gewesen. Allen tat es leid, dass das junge Mädchen so sehr durch den Einsatz gelitten hatte. Morako stellte auf einem Felsen seinen Laptop auf und schaltete ihn an. »Tantauko möchte noch mit dir sprechen, bevor wir zurückfahren«, sagte er an Kensako gewandt. Es dauerte ein wenig, bis sich der Rechner mit dem Netzwerk von HOM verbunden hatte. Dann erschien Tantaukos Gesicht auf dem Bildschirm.

»Hallo Kensako, wie geht es dir? Bist du unverletzt?«

»Danke, mir geht es gut. Timuri blieb auch unverletzt bei ihrem Einsatz, aber sie ist von der Folter traumatisiert«, erklärte Kensako.

»Das kann ich mir vorstellen! Cyrus hat mir ihre Misshandlung gezeigt. Das arme Mädchen. Hoffentlich kommt sie darüber hinweg«, sagte Tantauko besorgt.

»Wir werden uns in der Siedlung so gut wie möglich um sie kümmern. Es wird zwar etwas dauern, aber sie schafft das schon«, meinte Kensako optimistisch.

»Es tut mir so leid, dass ich es nicht verhindern konnte!«, sagte Tantauko betrübt.

»Ist schon in Ordnung. Du konntest eben auch nicht alles voraussehen. Wie geht es nun mit HOM weiter?«, fragte Kensako.

»Danke für dein Verständnis! Ich werde nun die Cyberwelt Schritt für Schritt zurückverwandeln, um den Menschen wieder das angenehme Leben zu ermöglichen, das sie zu Beginn hier hatten. Das wird sicher anstrengend, aber ich sehe es als Herausforderung. Schließlich hat mein Programmfehler all dies verursacht, also muss ich es auch wieder in Ordnung bringen!« Er schwieg kurz. »Wenn Timuri ihre körperliche Existenz irgendwann einmal aufgeben will, nehme ich sie jederzeit gerne wieder im Cyberspace auf.«

»Ich werde es ihr ausrichten. Dann wünsche ich dir noch viel Erfolg!«, sagte Kensako.

»Vielen Dank! Auch dir und Timuri alles Gute!«, antwortete Tantauko. »Ach so, ist dein Fahrzeug noch einsatzfähig, oder haben es die Drohnen zu sehr beschädigt?«

»Keine Sorge, die alte Kiste ist nicht so schnell kaputt zu kriegen, genau so wie ihr Besitzer!«, gab Kensako grinsend zurück.

»Alles klar!«, meinte Tantauko schmunzelnd. »Übrigens kannst du den Laptop behalten. Er ist mit einer besonders starken Sendeanlage ausgestattet, so dass du mich auch von der Rakanjo-Siedlung aus erreichen kannst. Sag bitte Bescheid, wenn ich irgendetwas für euch tun kann.«

»Danke, das ist sehr freundlich von dir!«, sagte Kensako.

»Macht's gut und wir hören hoffentlich bald voneinander!«

»Auf wiedersehen und alles Gute!«, wünschte nun auch Kensako, bevor Tantauko das Gespräch beendete.

Morako schaltete den Computer aus und klappte ihn zusammen. »Wenn wir zurück in der Siedlung sind, zeige ich euch, wie man die Verbindung zu Tantauko aufbaut.«

»In Ordnung. Dann lass uns jetzt zurückfahren«, sagte Kensako und ließ Morako einsteigen, bevor er selbst das Fahrzeug betrat und die Türe schloss. Die Hacker hatten es sich bereits bequem gemacht. Kasumi saß auf der Bettkante und hielt Timuris Hand, während sich das restliche Team leise unterhielt oder herumalberte. Kensako streichelte kurz Timuris Kopf. »Wie geht es dir? Hast du Schmerzen?«

Das Mädchen schüttelte den Kopf. »Danke, soweit fühle ich mich wohl. Ich bin nur sehr erschöpft und möchte gerne nach Hause.«

Kensako nickte verstehend. »Ich fahre jetzt gleich los«, worauf Timuri ihm ein dankbares Lächeln schenkte.

»Keine Sorge, wir kümmern uns um sie«, versprach Kasumi.

»Danke!«, sagte Kensako, ging ins Cockpit, startete den Motor und machte sich auf den Rückweg zur Siedlung.

*

Die Hacker-Gruppe kehrte am Nachmittag zurück. Als Joshiri den Motor des Transporters hörte, eilte sie mit ihrer Tochter hinaus und lief rasch auf das Fahrzeug zu. Dessen Tür öffnete sich, worauf zuerst Tantaukos Truppe ausstieg. »Ist jemand verletzt?«, fragte die Heilerin.

»Keine Sorge, wir sind alle wohlauf, nur Timuri geht es nicht so gut«, antwortete Shisuki.

Gleich darauf stieg Kensako aus dem Transporter mit dem Mädchen auf den Armen.

»Hallo Kensako! Was ist passiert?«, fragte Anouri besorgt.

»Die Kleine wurde gefoltert«, antwortete Kensako und schlug den direkten Weg zu seinem Haus ein. »Ihr entschuldigt, wir müssen uns erst um Timuri kümmern«, sagte er zu den Hackern gewandt.

»Natürlich!«, antwortete Kasumi verständnisvoll.

»Oh nein, das arme Mädchen!«, flüsterte Anouri entsetzt, während sie ihrer Mutter zu Kensakos Haus folgte. Joshiri öffnete die Tür und geleitete den Soldaten und das Mädchen ins Schlafzimmer. Dort wartete eine Überraschung auf die beiden. Die Bewohner der Siedlung hatten ein zweites Bett für Timuri hineingestellt, auf dessen Kissen ein kleiner Kuchen mit einer Willkommens-Botschaft stand! Kensako setzte das Mädchen überrascht auf der Bettkante ab.

»I ... Ist das für mich?«, fragte Timuri erstaunt.

Joshiri und Anouri nickten mit einem amüsierten Lächeln. Jawohl, junge Dame, willkommen als neues Mitglied unserer Siedlung!«, antwortete die Heilerin.

»D ... das ist ... ja total lieb von euch!«, sagte das Mädchen gerührt und hatte Tränen in den Augen.

»Dann probier doch dein neues Bett gleich einmal aus«, meinte Kensako schmunzelnd, hob die Decke an und machte eine einladende Geste.

Das ließ sich Timuri nicht zweimal sagen und stieg in ihr neues Bett, während Kensako sie zudeckte.

Anouri setzte sich auf die Bettkante. »Liegst du bequem?«, fragte sie lächelnd.

Timuri nickte begeistert, dann fiel sie der jungen Frau schniefend um den Hals. »Danke! Vielen Dank!«, flüsterte sie mit Freudentränen.

»Gern geschehen!«, antwortete Anouri gerührt.

Darf ich dich kurz untersuchen?«, fragte Joshiri vorsichtig, worauf Timuri zögernd nickte. »Dann zieh bitte die Jacke aus.«

»Ich bin im Wohnzimmer, wenn ihr mich braucht«, verabschiedete sich Kensako und verließ das Schlafzimmer.

Einige Zeit später kamen Joshiri und Anouri herein. Sie setzten sich mit ernsten Gesichtern neben Kensako. »Die Kleine wurde mit Schmerzen durch direkte Nerveninduktion gefoltert. Ihre Haut weist die typischen Rötungen auf, die dabei entstehen.«, erklärte Joshiri bedrückt. »Weist du, wie lange sie der Folter ausgesetzt war?«

»Ich glaube nur wenige Minuten«, antwortete Kensako verärgert. »War ja klar, dass dieses Blechmonster gleich die wirksamste Foltermethode anwenden würde!«

»Ich weiß nicht, was sie in diesen wenigen Minuten durchmachen musste, doch es hat ausgereicht, um sie massiv zu traumatisieren. Ich habe ihr ein starkes Beruhigungsmittel gegeben. Sie schäft jetzt und wird nicht vor morgen früh aufwachen. Es wird dauern, bis sie darüber hinwegkommt. Du musst dich jetzt intensiv um sie kümmern. Vielleicht veranstalten wir in den nächsten Tagen eine kleine Feier wegen eures Erfolges. Das wird sie ablenken und wieder auf andere Gedanken bringen.

»Gute Idee!«, bestätigte Kensako.

»Du hast so etwas ja auch schon erlebt und weist, was das Beste in so einem Fall ist«, bemerkte Joshiri, worauf Kensako nickte.

»Gut! Dann verabschiede ich noch rasch Tantaukos Truppe. Danke, dass ihr euch um Timuri gekümmert habt!«, sagte Kensako.

»Schon in Ordnung! Das kostet dich ein gutes Essen!«, scherzte Joshiri grinsend.

»Sollt ihr haben«, gab Kensako amüsiert zurück und stand auf, gefolgt von den zwei Frauen. Dann verliessen sie gemeinsam das Haus.

Morako hatte inzwischen einem jungen Mann erklärt, wie er die Verbindung zu Tantauko mit dem geschenkten Laptop herstellte, als Kensako bei der Truppe eintraf.

Wie geht es Timuri?«, fragte Sakumo besorgt.

»Soweit geht es ihr gut. Sie schläft jetzt. Es wird zwar dauern, bis sie das Erlebte verdaut hat, doch wir werden uns gut um sie kümmern. Ihr braucht euch also keine Sorgen um sie zu machen«, erklärte Kensako beruhigend. »Wahrscheinlich veranstalten wir in den nächsten Tagen eine kleine Feier, zu der ihr natürlich auch eingeladen seid. Wir sagen euch dann rechtzeitig Bescheid.«

»Feiern klingt immer gut!«, meinte Morako grinsend.

»Ihr dürft gerne noch bleiben, wenn ihr wollt«, bot Kensako den Hackern an, doch die lehnten dankend ab, weil sie für Tantaukos Unterstützung noch einiges zu erledigen hatten. So verabschiedeten sich alle freundlich voneinander und versprachen in Kontakt zu bleiben. Kurze Zeit später rollte der Lieferwagen der Truppe aus der Siedlung, während Kensako zum Haus zurückkehrte, um nach Timuri zu sehen. Die schlief ruhig in ihrem neuen Bett. So unterzog der Soldat seinen Transporter einer genauen Untersuchung, fand jedoch nur einige geringe Schäden, welche leicht zu reparieren waren. Er parkte das Fahrzeug am üblichen Platz und ging wieder zurück ins Haus, wo er sich erst einmal duschte, um anschließend etwas zu essen. Dann machte er es sich gemütlich. Timuri warf sich manchmal unruhig hin und her oder wimmerte leise im Schlaf, wachte jedoch nicht auf. Sie würde sicher noch manche Nacht Alpträume haben und schweißgebadet daraus erwachen. Er kannte das ja noch von sich selbst. In diesem Fall war es gut, dass er direkt neben ihr schlief. So konnte er sie wenigstens rasch trösten und beruhigen. Es würde für sie beide eine schwere Zeit werden, doch sie würden das sicher gemeinsam überstehen. Jetzt, wo die Bewohner der Siedlung über Timuri Bescheid wussten, würden sie dem Mädchen auch die nötige Geduld und das gebotene Verständnis entgegenbringen. Zumindest hoffte das Kensako, damit sich das traumatisierte Mädchen schnell in die Gemeinschaft einfügte. So erhob er sich und ging leise ins Schlafzimmer. Freundlicherweise hatte auch jemand sein Bett mit frischen Überzügen versehen, so dass er sich gleich hineinlegen konnte. Er streichelte noch einmal sanft über Timuris Kopf und legte sich dann in sein Bett. Erneut genoss er den niedlichen Anblick des schlafenden Mädchens und war froh, endlich wieder jemanden bei sich zu haben, den er pflegen und umsorgen konnte. Mit diesen angenehmen Gedanken schlief er bald ein.

## Menschlichkeit

Nach einer unruhigen Nacht voller wirrer Träume erwachte Timuri erst am Vormittag. Immer noch ein wenig benommen dauerte es einen Moment bis sie realisierte, dass sie in der Sicherheit von Kensakos Haus in ihrem eigenen Bett lag. Erleichtert kuschelte sie sich an ihr Kissen und registrierte erst jetzt, dass der Soldat im Sessel neben ihrem Bett saß und ein Buch las. Da bemerkte er, dass sie erwacht war, und wandte sich ihr zu.

»Guten Morgen, kleine Träumerin«, begrüßte er sie scherzhaft. »Wie geht es dir?«

»Soweit alles in Ordnung«, antwortete Timuri noch ein wenig verschlafen und streckte sich dann genüsslich, wobei ihr auffiel, dass sie ja völlig unbekleidet war. Rasch zog sie verlegen die Bettdecke hoch, was Kensako mit einem amüsierten Lächeln quittierte.

»Freut mich, dass es dir soweit gut geht«, sagte der Soldat, erhob sich und setzte sich auf die Bettkante, worauf er Timuris Kopf streichelte.

Das Mädchen genoss die zärtliche Berührung und schenkte ihm ein dankbares Lächeln. Joshiris Beruhigungsmittel hatte ihr zumindest geholfen genug Schlaf zu finden, um das schreckliche Erlebnis des Vortages ein wenig zu verarbeiten. Dazu hatten ihr die Bewohner der Siedlung ein Geschenk gemacht und sie in ihrer Mitte willkommen geheißen. So ging ihr Wunsch, weiterhin bei den Menschen zu leben, doch noch in Erfüllung, worüber sie sehr froh war. Timuri genoss die Situation und drückte schließlich Kensakos Hand.

»Ich schlage vor, du gehst erst einmal duschen. Ich habe dir im Bad frische Kleidung hingelegt«, meinte Kensako und erhob sich. »Ich mache dir inzwischen etwas zu essen.«

»In Ordnung«, antwortete Timuri. Sie kuschelte sich noch einmal kurz in ihr neues Bett, während Kensako in die Küche ging. Dann stand sie auf, ging ins Bad und stellte sich unter die Dusche.

Zuerst kam ein Schwall kaltes Wasser, dem sie mit einem Aufschrei auswich, bis das warme Wasser aus dem Boiler folgte. Da sie den Gebrauch von Seife noch nicht kannte, blieb sie einfach längere Zeit unter dem warmen Wasser stehen. Sie wusste zwar nicht, wie lange sie das tun sollte, doch als das warme Wasser verbraucht war, stellte sie die Dusche ab, stieg heraus und trocknete sich ab. Etwas verlegen erinnerte sie sich daran, als Kensako sie das erste Mal zum Duschen aufgefordert hatte. Damals kannte sie diese Art der Körperreinigung noch nicht und hatte einen handfesten Streit mit ihm begonnen. Auch der Gebrauch von Handtüchern und Kleidung war ihr zu jener Zeit noch unbekannt gewesen, doch Kensako hatte ihr geduldig dabei geholfen und ihr alles erklärt, wofür sie ihm sehr dankbar war. Schließlich hatte sie sich komplett angekleidet und betrat mit feuchten Haaren die Küche, in der es angenehm duftete. Da es bereits kurz vor Mittag war, hatte Kensako eine kräftige Mahlzeit bereitet und machte eine einladende Geste Platz zu nehmen, der Timuri gerne nachkam. Wieder einmal schmeckte ihr das Essen sehr, was Kensako mit Wohlwollen wahrnahm.

»Wenn du willst, zeige ich dir nachher die Siedlung«, bot der Soldat an. Vorerst wollte er jedes Gespräch über das schreckliche Ereignis des Vortages vermeiden, sondern Timuri lieber davon ablenken. Das bekam ihr auf jeden Fall besser. Irgendwann würde sie selbst beginnen, darüber zu reden, doch bis dahin war es besser das Thema Folter zu vermeiden, damit sie ausreichend Abstand dazu gewann.

»Oh ja, das würde mich interessieren!«, antwortete Timuri begeistert.

So machten sich die beiden nach dem Essen auf den Weg. Dabei kam Timuri erstmals in näheren Kontakt mit anderen Bewohnern der Siedlung, die sie auf ihrem Weg antrafen. Zwar war das Mädchen schon während einer Geburtstagsfeier, an der sie damals nach ihrer Krankheit teilgenommen hatte, einigen Einwohnern begegnet, hatte aber zu jener Zeit jeden näheren Umgang mit ihnen aus Unsicherheit vermieden. Inzwischen war ihr klar, dass sie den Kontakt zu den Bewohnern suchen musste, wenn sie zukünftig unter ihnen leben wollte. So wechselte sie zunächst noch zögernd ein paar Worte mit den Menschen, die alle jedoch recht freundlich zu ihr waren, so dass es ihr bald leichter fiel, mit ihnen ins Gespräch zu kommen. Kensako half ihr dabei, so gut er konnte, gab ihr den einen oder anderen Tipp oder Hinweis, worauf sie achten und was sie vermeiden sollte. So lernte Timuri die verschiedenen Charaktere bald näher kennen und wie sie auf diese reagieren sollte. Sie war überrascht, wie groß die Siedlung war und wie viele Menschen hier lebten. Kensako erzählte ihr, dass dies einst ein großer Militärstützpunkt war, der aus einem unbekannten Grund überhastet verlassen wurde, so dass die ersten Siedler, die hier ankamen, allerlei nutzbare Waffen, Geräte und Vorräte vorfanden, was sie zum Bleiben veranlasste. Während Kensako weiter berichtete, spürte Timuri eine sanfte Berührung an ihrem linken Bein und hörte gleichzeitig ein tiefes Grunzen. Als sie sich umwandte, stand da plötzlich ein ihr völlig unbekanntes Lebewesen, das die Schnauze nach ihr ausstreckte. Timuri machte mit einem erschrockenen Aufschrei einen Satz, fuhr herum und ging instinktiv in Kampfstellung. Auch das Lebewesen erschrak und machte grunzend einen Schritt rückwärts. »W ... was ist das?«, rief das Mädchen panisch.

Kensako begann amüsiert zu lachen. »Keine Angst, das ist Whisky, unser Hausschwein. Die tut niemandem etwas zuleide.« Er beugte sich herunter und streichelte das Schwein, das zufrieden grunzte und ihn mit der Rüsselnase anstupste. Als Timuri die Szene verwirrt betrachtete, machte er eine beruhigende Geste. »Keine Sorge, du hast von ihr nichts zu befürchten. Sie wird dir nichts tun.«

Timuri stand immer noch verunsichert in Kampfstellung vor dem Schwein, entspannte sich aber langsam und ließ schließlich die Arme sinken. Als Whisky jedoch einen Schritt auf sie zumachte, wich Timuri ängstlich zurück.

»Du brauchst wirklich keine Angst vor ihr zu haben. Sie will dich nur kennenlernen und an dir riechen«, versicherte Kensako beruhigend. »Bleib einfach ruhig stehen und lass sie schnüffeln. Sie wird dir nicht weh tun.«

So verharrte Timuri etwas verunsichert, und ließ das Schwein gewähren.

»Siehst du, sie ist völlig harmlos«, beruhigte sie Kensako. »Mach genau das Gleiche wie ich und streichel Whisky ein bisschen, das hat sie gerne.«

Das Mädchen zögerte einen Moment, kam dann aber Kensakos Aufforderung nach und ließ ihre Hand vorsichtig über den Rücken des Schweins streichen, das genüsslich grunzte.

»Na also, sie mag dich«, meinte Kensako und zwinkerte Timuri verschmitzt zu.

Als das Schwein Timuri sanft mit der Nase anstupste, konnte sie ein amüsiertes Lächeln nicht verbergen. Sie verlor schließlich ihre Scheu, ging in die Hocke und streichelte Whisky ausgiebig, was das Schwein sichtlich genoss. »Gibt es hier noch mehr Hausschweine?«

Kensako schüttelte schmunzelnd den Kopf. »Whisky ist das einzige Schwein in der Siedlung. Ein Händler hat sie mir vor einigen Jahren geschenkt, als unsere Nahrung knapp war. Doch keiner von uns brachte es übers Herz, das niedliche Tier zu schlachten. Seitdem lebt sie bei uns.«

»Was bedeutet schlachten?«, fragte Timuri.

»Das Tier wird getötet und zerteilt, damit man später sein Fleisch essen kann«, erklärte Kensako. »Das Fleisch, welches du hier schon gegessen hast, stammt von geschlachteten Tieren.«

»Ich verstehe«, antwortete Timuri nachdenklich.

In diesem Moment kam Kintaro, der Besitzer des Schweins, um die Hausecke gebogen und schlug in komischer Verzweiflung die Hände über dem Kopf zusammen. »Da bist du ja, du kleine Ausreiserin!«

»Ich glaube, du musst das Loch in deinem Zaun endlich einmal flicken!«, rief Kensako amüsiert.

»Das werde ich heute noch erledigen! Sowas! Einen armen alten Mann so durch die Gegend zu scheuchen! Schäm dich!«, schimpfte er scherzhaft mit Whisky. Dann zog er ein paar Kartoffeln aus der Tasche und lockte das Schwein damit hinter sich her.

Timuri erhob sich und sah dem ungleichen Gespann amüsiert nach. Da erinnerte sie sich, dass auf der Flasche mit der Flüssigkeit, mit welcher Kensako ihre Schussverletzung desinfiziert hatte, ebenfalls Whisky stand. »Warum nennt ihr das Hausschwein nach einem Desinfektionsmittel?«

Kensako sah sie zunächst verwundert an, dann begann er zu lachen. »Whisky ist kein Desinfektionsmittel, sondern ein alkoholisches Getränk. Ich habe das damals nur verwendet, weil ich nichts anderes zur Verfügung hatte.«

»Was bedeutet alkoholisch?«, fragte Timuri.

»Alkohol ist ein Rauschmittel, das man Getränken beimischt, um sie länger haltbar zu machen, oder damit sie besser schmecken. Man kann damit auch Wunden desinfizieren«, erklärte der Soldat.

»Was ist ein Rauschmittel?«, fragte Timuri verunsichert.

Kensako dachte kurz nach, wie er ihr das erklären sollte. »Alkohol ist ein schwaches Nervengift, welches hauptsächlich das Gehirn beeinflusst. Wenn Menschen alkoholische Getränke zu sich nehmen, beginnen sie je nach Menge zuerst mehr als sonst zu reden. Schließlich verlieren sie allmählich die Kontrolle über die Zunge und fangen an zu lallen, sprechen also nur noch undeutlich. Wenn sie noch mehr davon trinken, können sie allmählich ihre Bewegungen nicht mehr koordinieren, also nicht mehr richtig laufen und die Arme benutzen. Wenn sie noch mehr trinken, fallen sie in Ohnmacht. Je nach getrunkener Menge kommt es irgendwann zu einer lebensgefährlichen Vergiftung. Es ist also durchaus nicht ungefährlich, alkoholische Getränke zu sich zu nehmen. Also lass besser die Finger davon!«

»Das habe ich verstanden«, bestätigte Timuri, während beide langsam weiter liefen. »Warum heißt das Hausschwein Whisky?«, wiederholte sie ihre Frage.

»Bei einer Geburtstagsfeier hat einer der Bewohner, der schon leicht berauscht war, dem Schwein Whisky anstatt Wasser zu trinken gegeben. Dem Schwein hat es gut geschmeckt, deshalb haben wir es Whisky genannt«, erklärte Kensako schmunzelnd.

»Du hast vorhin gesagt, dass alkoholische Getränke je nach getrunkener Menge zu einer lebensgefährlichen Vergiftung führen. Warum trinkt ihr dann davon oder gebt dem Hausschwein davon zu trinken?«, fragte Timuri verwundert.

Kensako stieß geräuschvoll die Luft aus. Wieder einmal war Timuris Logik bestechend, aber anstrengend! »Das liegt daran, dass alkoholische Getränke oft recht gut schmecken. Außerdem kann die berauschende Wirkung durchaus angenehm sein, wenn man nicht zu viel davon trinkt. Wir Menschen machen manchmal unvernünftige Dinge, auch wenn der Verstand uns sagt, dass dies falsch, gefährlich oder leichtsinnig ist. Hier spielen die Emotionen eine wichtige Rolle. Manchmal lassen wir uns mehr von unseren Gefühlen leiten, manchmal mehr vom Verstand. Oft kann keiner sagen, was besser ist, denn es kann auch passieren, dass Emotionen und Verstand absolut gegensätzlicher Meinung sind. Mitunter hilft uns die Lebenserfahrung die richtige Entscheidung zu treffen, jedoch fehlt uns oft im entscheidenden Moment diese Erfahrung. Dann tun wir eben auch unsinnige oder seltsame Dinge. Ich schätze, dass auch du bereits in solch einen Zwiespalt geraten bist.«

Timuri sah ihn kurz überrascht an und senkte dann nachdenklich den Blick. »Das ... ist richtig«, gab sie nach kurzem Zögern zu. »Auch ich habe schon solche Konflikte erlebt. Oft fiel es mir schwer, diesen Widerspruch überhaupt zu verstehen. Vor allem am Anfang, als ich zum ersten Mal Emotionen erlebte, war es mir kaum möglich, angemessen darauf zu reagieren. Ich empfand diese eher als lästig, weil sie die Logik plötzlich in Frage stellten. Inzwischen habe ich die Emotionen größtenteils als einen neuen Anteil von mir akzeptiert, doch es fällt mir immer noch schwer, damit umzugehen, da sie so zahlreich und oft recht massiv auftreten. Wahrscheinlich fehlen mir diese Lebenserfahrungen, welche du vorhin genannt hast, um entsprechend damit klarzukommen. Ich bin gerade noch dabei zu lernen, wie groß die emotionale Bandbreite von euch Menschen ist und ich hoffe, dass mir dies in vollem Umfang gelingt, denn ich möchte schließlich unter euch leben, und das kann ich wohl nur, wenn ich mich euch angleiche. Doch wird dies sicher noch recht lange dauern. Vielleicht gelingt es mir auch niemals vollständig. Das kann ich momentan noch nicht ermitteln.«

Kensako war stehengeblieben. Er wandte sich ihr zu und legte ihr die Hände auf die Schultern. »Dir geht es dabei genauso wie unseren Kindern. Auch die lernen erst allmählich die menschlichen Verhaltensweisen und Emotionen kennen und entwickeln sich schließlich mit zunehmendem Alter zu eigenständigen Persönlichkeiten. Vergiss nicht, dass auch du noch ein junges Mädchen bist, wobei ich dies nicht abwertend meine. Außerdem lebst du erst seit sehr kurzer Zeit unter uns Menschen. Dafür hast du dich schon recht gut an uns angepasst und bist schon sehr menschlich geworden! Mach dir also keine Sorgen. Ich bin sicher, dass man dich schon bald nicht mehr von einem Menschen ohne künstliche Intelligenz unterscheiden kann!« Dabei warf er ihr ein aufmunterndes Lächeln zu.

»Wirklich?«, fragte Timuri überrascht.

»Bestimmt!«, versicherte Kensako und streichelte über ihren Kopf. »Du bist noch so jung, also nimm dir einfach die Zeit, die du für deine Entwicklung benötigst und übereile nichts. Du hast alle Zeit der Welt dafür!«

Timuri sah ihn zunächst ein wenig unsicher an, dann senkte sie verlegen den Blick und bedankte sich leise.

Der Soldat legte darauf zwei Finger unter ihr Kinn und hob ihren Kopf behutsam an, bis sie ihm in die Augen sah. »Zweifel niemals an dir selbst. Du kannst viel mehr, als du für möglich hältst!« Dann begann er zu grinsen. »Zum Beispiel kochen lernen!«

Es dauerte einen Moment, bis sie begriff, dass er sie aufzog, worauf sie amüsiert lächelte. »Ich werde mir Mühe geben.«

»Das hoffe ich sehr!«, polterte er zwinkernd, legte einen Arm um ihre Schultern und führte sie weiter durch die Siedlung. Nach kurzer Zeit erreichten sie den Bereich, wo sich mehrere Felder zum Anbau von allerlei Nahrungsmittel über ein weites Gebiet erstreckten. Timuri war beeindruckt von der Größe des Areals und was dort alles angebaut wurde. »Am Anfang war dieser Bereich wesentlich kleiner und diente nur zur Selbstversorgung. Dabei gab es auch wegen schlechten Wetters oder Wassermangel einige Missernten, so dass viele von uns in dieser Zeit hungern mussten und kaum mit dem Nötigsten versorgt werden konnten. Es hat einige Jahre gedauert, bis wir uns mit der Anpflanzung so weit auskannten, dass wir mehr Erträge ernteten, als wir selbst benötigten. Auch das Klima hat sich inzwischen etwas stabilisiert. So fingen wir an, auch die Leute in der Stadt mit Lebensmitteln zu versorgen, die uns im Tausch dafür Treibstoff, Medikamente, Baumaterial, Ersatzteile, und was sonst noch so gebraucht wurde, beschafften. Dadurch führen wir hier inzwischen ein einigermaßen angenehmes Leben und sind größtenteils gut versorgt mit allem, was wir benötigen. Dazu gibt es genug Bewohner mit allerlei Fachkenntnissen, so dass wir uns problemlos selbst helfen können, um hier alles am Laufen zu halten. Jeder hier tut was seine Kenntnisse und seine Kraft erlauben, um die Gemeinschaft zu unterstützen. Das hat bisher ganz gut funktioniert, weil die Menschen hier verstanden haben, dass wir nur gemeinsam überleben können.

»Es ... ist wirklich beeindruckend, was ihr hier geschaffen habt!«, sagte Timuri bewundernd. »Ich frage mich, wie ich euch zukünftig unterstützen soll, da meine bisherige Tätigkeit als Aufseher euch nicht von Nutzen sein wird. Etwas anderes kann ich jedoch nicht.«

»Jeder Mensch hat bestimmte Begabungen und Fähigkeiten. Man muss sie nur erkennen. Auch du besitzt Fertigkeiten, die für uns hilfreich sind, da bin ich mir sicher. Mit der Zeit werden wir schon herausfinden, welche das sind.«

»Vielleicht kochen?«, fragte Timuri mit angedeutetem Grinsen.

Kensako lachte auf. »Das wäre eine Möglichkeit!« Dann blickte er zum Himmel, wo sich dunkle Wolken bildeten. »Lass uns besser zurückgehen. Ich befürchte, es wird bald regnen.«

Das musste er Timuri nicht zweimal sagen, denn sie war ja vor längerer Zeit während ihres ersten Außeneinsatzes so nass geworden, dass sie deswegen schwer erkrankte. »Wie bist du hierher gekommen?«, fragte das Mädchen auf dem Rückweg zu Kensakos Haus.

Der Blick des Soldaten rückte in die Ferne und seine Gesichtszüge verhärteten sich. »Nach dem Tod meiner Schwester konnte ich einfach nicht mehr weitermachen. Ich hatte genug von Tod und Zerstörung! Nachdem ich aus der Armee ausgetreten war, habe ich mich mit allerlei Arbeiten über Wasser gehalten, bin von einem Ort zum anderen gezogen. Doch ich habe mich nirgendwo richtig zuhause gefühlt. Habe sogar manchmal daran gedacht, mir das Leben zu nehmen, weil ich meine kleine Schwester nicht beschützt habe und so den einzigen Menschen verlor, der mir wichtig war! Zu diesem Zeitpunkt bin ich hier in der Siedlung gestrandet. Die Menschen hier waren freundlich zu mir und ich konnte helfen, sie zu beschützen, denn die Siedlung wurde damals öfter von herumziehenden Banden angegriffen. Das bedeutete zwar wieder zu kämpfen, doch diesmal machte der Kampf einen Sinn. Ich habe einige der Siedler zu einer Schutztruppe ausgebildet, lehrte sie den Nahkampf und den Umgang mit Waffen. So konnten wir spätere Angriffe problemlos abwenden, weshalb sich schließlich keiner mehr traute, die Siedlung anzugreifen. Zu diesem Zeitpunkt ernteten wir bereits mehr, als wir verbrauchten. So bot ich an, die Nahrungsmittel in der Stadt gegen das zu tauschen, was wir hier dringend brauchten. Schon damals waren die Händler gefährliche Leute, doch ich bin mit ihnen fertig geworden, und war bald als furchtloser, harter Lieferant bekannt, wodurch ich mir den Respekt der Händler verdiente. Seitdem pendle ich zwischen der Stadt und der Siedlung hin und her und versorge die Menschen mit dem, was sie benötigen. Dafür versorgen die Leute in der Siedlung mich mit Nahrung und flicken mich zusammen, wenn ich verletzt werde. Falls doch jemals wieder ein Angriff erfolgen sollte, stehe ich mit der Schutztruppe bereit, um ihn abzuwehren, doch das ist schon lange nicht mehr passiert. Trotzdem überwachen wir die Siedlung Tag und Nacht.«

»Ich habe nirgends Wächter gesehen«, bemerkte Timuri verwundert.

»Wir benutzen verschiedene Arten der Überwachung. Ich werde es dir in den nächsten Tagen zeigen«, versprach Kensako.

Kurze Zeit später erreichten beide gerade noch rechtzeitig das Haus, bevor der Regen einsetzte. Sie machten es sich im Wohnzimmer gemütlich, als der heftige Niederschlag gegen die Fensterscheiben trommelte. Bei diesem Anblick schüttelte sich Timuri, zog die Beine an den Körper und umschlang die Knie mit ihren Armen.

»Was ist los, ist dir kalt?«, fragte Kensako verwundert.

»Nein. Ich erinnere mich nur gerade an den Beginn meines Einsatzes für Cyrus. Kaum war ich losgeflogen, begann es heftig zu regnen. Ich sollte die Netzwerk-Relaistationen überprüfen, um zu ermitteln, woher der Cyberangriff auf HOM gekommen war. Dazu musste ich jedoch den Gleiter verlassen und die im Freien stehenden Sendeanlagen untersuchen. Dabei wurde ich völlig durchnässt. Außerdem war der Wind sehr kalt, so dass ich rasch zu frieren begann. Trotzdem habe ich meinen Auftrag weiter ausgeführt und bin völlig durchgefroren zum Gleiter zurückgekehrt. Ich nahm mir jedoch keine Zeit zum Aufwärmen, sondern bin gleich zur nächsten Relaisstation weiter geflogen, die ich auch untersucht habe. Wieder wurde ich total nass und kühlte weiter aus. Das habe ich bei mehreren weiteren Relaistationen gemacht, wobei ich mich immer schlechter fühlte. Ich musste zu diesem Zeitpunkt bereits Fieber haben, denn am Schluss habe ich schrecklich gefroren und so gezittert, dass ich kaum noch den Gleiter steuern konnte. Irgendwann ist mir schwarz vor Augen geworden und ich wurde ohnmächtig. Sam, die künstliche Intelligenz des Gleiters, hat den Absturz gemildert, konnte ihn aber nicht verhindern, da ich zu tief geflogen war. Das habe ich jedoch nicht mehr mitbekommen. Ich bin dann erst wieder in deinem Bett aufgewacht.«

»Oje! Kein Wunder warst du schwerkrank, als ich dich gerettet habe! Warum hast du denn nicht gewartet, bis das Unwetter vorbei war?«, fragte Kensako kopfschüttelnd.

»Ich wollte meinen Auftrag so schnell wie möglich erledigen. Damals wusste ich noch nicht, wie sehr der Regen und die Kälte mir zusetzen, und dass man davon krank werden kann«, erklärte Timuri.

»Dieses fehlende Wissen hättest du beinahe mit deinem Leben bezahlt! Ich schätze, das war dir eine Lehre.«

»Oh ja!«, versicherte das Mädchen. »Wie hast du mich denn gefunden?«

»Nachdem ich in der Stadt Waren getauscht hatte, war ich gerade auf dem Rückweg in die Siedlung. Der Bordradar in meinem Transporter hat mir plötzlich einen großen, metallischen Gegenstand angezeigt, der früher an dieser Stelle nicht existierte. So bin ich dorthin gefahren und habe schnell erkannt, dass dort ein Gleiter abgestürzt ist. Als ich näher heranfuhr, sah ich dich im Cockpit liegen. Darauf habe ich den Notöffnungsmechanismus des Gleiters ausgelöst und habe dich herausgeholt. Du warst bewusstlos und hattest hohes Fieber. Ich habe dich notdürftig versorgt, den Gleiter auf den Anhänger geladen und bin so rasch wie möglich zur Siedlung gefahren, wo sich Joshiri um dich gekümmert hat. Den Rest kennst du aus eigener Erinnerung«, beendete Kensako seine Erzählung.

Timuri nickte verlegen, da sie sich immer noch für ihr damaliges Benehmen schämte.

»Du bist also quasi direkt vom Himmel in meine Arme gefallen!«, meinte Kensako zwinkernd.

»So war das eigentlich nicht geplant«, antwortete Timuri lächelnd.

»Tja, meistens kommt es anders, als man denkt!«, orakelte Kensako scherzhaft und gab ihr einen Wink ihm zu folgen. »Lass uns etwas essen, bevor wir schlafen gehen.«

Timuri bemerkte erst jetzt, dass die Dämmerung bereits eingesetzt hatte. Da sie auch hungrig war, kam sie seiner Aufforderung gerne nach. Später saßen sie noch bei einem heißen Tee zusammen, während Timuri allmählich schläfrig wurde und gähnte.

»Möchtest du zu Bett gehen?«, fragte Kensako.

»Ehrlich gesagt fürchte ich mich ein wenig vor dem Schlaf. Die wirren Träume letzte Nacht haben mich manchmal geängstigt«, gestand das Mädchen.

Kensako nickte verstehend. »Du musst eben auch erst noch vieles verarbeiten. Das passiert meist im Schlaf und verursacht wirre Träume. Du brauchst keine Angst zu haben. Ich liege direkt neben dir und passe auf dich auf.«

Timuri warf ihm einen dankbaren Blick zu. »Würdest du dich noch zu mir ans Bett setzen, bis ich eingeschlafen bin?«, fragte sie etwas verlegen.

Kensako schenkte ihr ein verständnisvolles Lächeln. »Das mach ich gerne!«, versicherte er. »Dann zieh dich schon einmal um und putz dir die Zähne. Ich komme gleich zu dir.«

»Danke!«, sagte Timuri immer noch verlegen und drückte ihm die Hand. Dann erhob sie sich und ging ins Schlafzimmer.

»Du meine Güte! Ich rede schon wieder wie meine Mutter!«, murmelte Kensako amüsiert. Etwas später setzte er sich neben

Timuri auf die Bettkante und streichelte über ihren Kopf. »Wie geht es eigentlich deiner Schussverletzung. Hast du noch Schmerzen?«, erkundigte er sich.

»Die Wunde schmerzt nur noch bei bestimmten Bewegungen. Wenn ich den Arm noch ein wenig schone, ist sie sicher bald verheilt.«

»Gut«, meinte Kensako und streichelte zärtlich ihre Hand, während sich das Mädchen in die Kissen kuschelte und ihm ein dankbares Lächeln schenkte. »Schlaf gut, kleine Kämpferin.« Nur wenig später kündeten ihre tiefen, regelmäßigen Atemzüge, dass sie eingeschlafen war. Kensako erhob sich vorsichtig und löschte das Licht. Danach setzte er sich wieder ins Wohnzimmer und ließ den Tag noch einmal Revue passieren. Der Soldat war froh, dass er und Timuri sich gut verstanden. Sie hatte ihm sogar anvertraut, dass ihr der Umgang mit Gefühlen noch größere Schwierigkeiten bereitete, was schon ein recht intimes Geständnis war. Würde sie ihm nicht vertrauen, hätte sie das bestimmt nicht zugegeben. Wie es schien, näherten sie sich einander an, worüber Kensako sehr froh war, denn er mochte das Mädchen mit jedem Tag lieber. Zuerst hatte er sich Sorgen gemacht, ob ein weiteres Zusammenleben mit Timuri ohne größere Schwierigkeiten möglich war, ob er ihr ein Vater und Mentor sein konnte. Doch nach dem heutige Tag, der so harmonisch verlaufen war, wuchs in ihm die Hoffnung auf eine angenehme Zukunft mit ihr. Sicher würde es auch manchen Konflikt oder Disput mit ihr geben, denn wie sich bereits gezeigt hatte, konnte sie manchmal auch furchtbar stur oder gar aggressiv sein, doch bisher hatte er es stets geschafft, sie auf den rechten Weg zu bringen, und er hoffte, dass ihm dies auch weiterhin gelang. Eigentlich hatte er nie Kinder gewollt, weil er bis jetzt der Meinung war, ihnen kein guter Vater sein zu können, doch dieses junge Mädchen hatte sich einfach in sein Herz geschlichen. »Irgendwie kam ich so wie die Jungfrau zum Kind«, dachte er schmunzelnd, doch es tat gut wieder jemanden zu umsorgen und zu behüten. In diesem Moment klopfte es an der Haustür. Kensako öffnete vorsichtig und sah Anouri vor sich stehen. Er begrüßte die junge Frau freundlich und bat sie einzutreten. »Was führt dich noch hierher?«, fragte er erstaunt, nachdem beide im Wohnzimmer Platz genommen hatten.

»Ich wollte einfach nur wissen, wie es dir und Timuri ergangen ist. Ehrlich gesagt habe ich mir Sorgen um die Kleine gemacht, wie sie die Erfahrung mit der Folter verarbeitet, und wie ihr miteinander klar kommt«, gestand Anouri.

»Ich habe ihr heute die Siedlung gezeigt. Das hat ihr gefallen und wir haben uns gut verstanden.« Dann berichtete Kensako ihr von der Begegnung mit dem Schwein Whisky und was ihm Timuri später über ihren Einsatz im Regen erzählt hatte.

»Oje, kein Wunder ist die Kleine so krank geworden!«, meinte Anouri erschrocken.

»Wenigstens hat sie daraus gelernt zukünftig besser auf sich achtzugeben. Das passiert ihr sicher nicht noch einmal«, bemerkte Kensako.

»Das hoffe ich!«, antwortete die junge Frau. »Was meinst du? Kommst du mit ihr zurecht?«, fragte sie nach einer kurzen Pause.

»Wenn sie weiterhin so vernünftig und freundlich ist, sehe ich da kein Problem«, versicherte Kensako. Dann senkte er verlegen den Blick. »Ich hoffe, es stört dich nicht, dass sie bei mir wohnt, bis sie sich hier eingewöhnt hat.«

»Aber nein!«, antwortete Anouri berührt. »Im Gegenteil! Ich bin sogar froh, dass du dich so gut um sie kümmerst. Du hast zwar einmal gesagt, dass du keine Kinder willst, doch wie es scheint, ist Timuri wohl inzwischen zu deiner Tochter geworden«, meinte Anouri schmunzelnd.

»Da hast du wohl nicht ganz Unrecht«, gestand Kensako ein wenig verschämt, worauf die junge Frau auflachte und ihm einen Kuss gab.

»Dann kämpfst du jetzt an einer neuen Front, du Supersoldat!«, bemerkte Anouri zwinkernd.

»Hoffentlich bin ich diesem Gegner gewachsen…«, antwortete Kensako halbernst.

Anouri bedachte ihn schmunzelnd mit einem skeptischen Blick, worauf er sie zärtlich in die Seite zwickte, so dass sie kichernd zusammenzuckte.

»Frechdachs!«, brummte Kensako in gespieltem Ärger.

»Alter Haudegen!«, konterte die junge Frau.

Der Soldat warf ihr einen scheinbar kritischen Seitenblick zu, den Anouri mit einem amüsierten Lächeln quittierte.

»Übrigens haben Mama und ich uns neulich Gedanken darüber gemacht, ob Timuri wohl in der Lage ist, Kinder zu bekommen«, sagte die junge Frau.

»Ehrlich gesagt, habe ich mich das auch schon gefragt«, gestand Kensako. »Da sie körperlich ein ganz normales Mädchen ist, sollte das eigentlich möglich sein. Ich habe allerdings keine Ahnung, wie viel Timuri darüber weiß. Könntest du sie bitte einmal deswegen untersuchen und mit ihr darüber reden? Ich denke, dass dieses delikate Thema besser zwischen euch Frauen besprochen wird«, bat er Anouri.

Die junge Heilerin nickte verständnisvoll. »Ich komme am Besten in den nächsten Tagen einmal vorbei und frage Timuri, ob sie mich bei einem Spaziergang begleitet. Dann werde ich ja erfahren, wie viel sie weiß und ob sie dieses Thema überhaupt interessiert.

»Danke! Das wäre sicher hilfreich«, sagte Kensako.

»Ein faszinierender Gedanke, dass eine künstliche Intelligenz tatsächlich in der Lage wäre, gesunde Kinder zu gebären!«, meinte Anouri beeindruckt.

»Allerdings!«, bestätigte der Soldat.

Die junge Frau gähnte. »Wird Zeit, dass ich ins Bett gehe. Wie gesagt, komme ich in den nächsten Tagen nochmals vorbei.«

»In Ordnung«, antwortete Kensako und führte sie hinaus.

An der Haustür gab sie ihm noch einen Kuss. »Gute Nacht«, flüsterte sie mit verliebtem Blick und trat ins Freie.

Der Soldat erwiderte den Gruß und sah ihr dann berührt nach. Da sie im gegenüberliegenden Haus wohnte, erreichte sie nach kurzer Zeit den Eingang, von wo aus sie ihm nochmals zuwinkte und dann die Tür verschloss. Wieder einmal hatte sie heute Abend seine Gefühle durcheinander gebracht und unmissverständlich gezeigt, wie sehr sie ihn mochte! Kensako war klar, dass er sie nicht mehr lange hinhalten durfte, sonst würde sie sich wahrscheinlich einem anderen Mann zuwenden. Doch dieser Gedanke war für ihn kaum zu ertragen! Er musste sich endlich entscheiden, ob er künftig mit ihr zusammenleben wollte, oder nicht! So ging auch er mit gemischten Gefühlen zu Bett.

*

Mitten in der Nacht stieß Timuri plötzlich einen lauten Angstschrei aus. Kensako war sofort hellwach und schaltete das Licht an. Das Mädchen saß kerzengerade im Bett mit angstgeweiteten Augen. Der Soldat setzte sich auf die Bettkante und nahm sie in den Arm. Sie zitterte am ganzen Körper und ihr Herz schlug schnell. »Ist schon gut, niemand tut dir etwas«, versuchte er sie zu beruhigen. »Hast wohl schlecht geträumt?«, fragte er behutsam und streichelte sie sanft.

»I ... ich lag wieder gefesselt auf diesem Tisch ... und da sind wieder diese Blitze auf mich herabgeschossen...« Ihre Stimme brach kurz. »Es hat ... so entsetzlich weh getan!« Dann schlang sie ihre Arme um seinen Hals und begann heftig zu weinen.

Kensako hielt sie fest und streichelte sie weiter, bis sich ihr Weinkrampf etwas gelöst hatte. »Ich weiß, wie schlimm das ist, denn mir erging es vor langer Zeit ähnlich. Doch ich verspreche dir, dass dir niemand mehr so etwas antun wird.«

Timuri hob den Kopf und sah ihn mit Tränen in den Augen entsetzt an. »Sie haben dir ... auch weh getan?«

Kensako nickte, während sein Blick in die Ferne schweifte. »Bei einem Kampfeinsatz haben mir unsere Gegner eine Falle gestellt. Sie haben mich überwältigt und verschleppt, um Informationen aus mir herauszupressen. Dabei wurde ich auch gefoltert. Glücklicherweise haben mich meine Kameraden bald gefunden und befreit, doch die Erinnerungen daran quälen mich manchmal heute noch im Schlaf. Deswegen kann ich sehr gut verstehen, wie du dich gerade fühlst.«

Timuri schluckte heftig und umarmte ihn wieder.

»Es tut mir so leid, dass ich nicht verhindern konnte, dass Cyrus dir weh tut«, sagte Kensako leise.

»Das ist nicht deine Schuld«, antwortete Timuri gerührt und legte ihren Kopf auf seine Schulter. »Wird man diese Erinnerung je wieder los?«, fragte sie nach einer kurzen Pause.

»Wenn überhaupt, dann erst nach langer Zeit. Die besten Mittel dagegen sind Ablenkung und menschliche Wärme«, erklärte Kensako. »Hab keine Angst mehr, ich werde dich beschützen, so gut ich kann.«

Timuri lag noch einige Zeit in seinen Armen, genoss seine Nähe und sein zärtliches Streicheln, bis sie sich wieder beruhigt hatte. Dann löste sie sich von ihm. »Danke«, flüsterte sie mit rauer Stimme.

Kensako streichelte über ihren Kopf. »Geht's besser?«

Timuri nickte mit dankbarem Blick und legte sich wieder hin, während der Soldat sie zudeckte. »Keine Sorge, ich bin stets direkt neben dir.« Er hielt noch eine Hand des Mädchens, bis ihr schließlich die Augen zufielen. Dann löschte er das Licht und ging auch wieder zu Bett. Den Rest der Nacht schlief Timuri durch, ohne von weiterer Alpträumen geplagt zu werden.

*

Am nächsten Morgen kam Anouri kurz nach dem Frühstück vorbei und fragte Timuri, ob sie ihr bei einem Spaziergang Gesellschaft leisten würde. Das Mädchen warf Kensako einen unsicheren Blick zu.

»Geh ruhig mit ihr. Ich will heute Morgen die Schäden am Transporter ausbessern«, ermutigte der Soldat das Mädchen.

»Soll ich dir dabei helfen?«, fragte Timuri.

»Nein. Die Schäden sind an mehreren schlecht zugänglichen Stellen. Da würden wir uns nur gegenseitig behindern. Trotzdem danke für dein Angebot zur Mithilfe!«

Timuri nickte verstehend, worauf Anouri sie mit einer freundlichen Geste einlud, ihr zu folgen. Kurze Zeit später hatten die beiden jungen Frauen das Haus verlassen. Kensako holte den Werkzeugkoffer und ging zu seinem Transporter. Bei einer näheren Untersuchung stellte er fest, dass der Beschuss der Drohnen doch zahlreiche Schäden verursacht hatte. So dauerten die Reparaturen bis zum späten Nachmittag. Als der Soldat gerade sein Werkzeug aufräumte, kam Anouri zu ihm.

»Oh, du hast aber lange für die Reparatur gebraucht«, stellte sie erstaunt fest.

»Ja, die Schäden waren doch größer, als ich zuerst gesehen hatte, doch jetzt ist der alte Brummer wieder einsatzfähig. Wie lief es mit Timuri?«, fragte Kensako besorgt.

»Soweit gut. Sie zeigte sich recht gesprächig und vernünftig. Wir haben lange und ausführlich miteinander geredet und Mama hat sie später auch noch untersucht. Ihr Körper unterscheidet sich nicht von dem eines gesunden, jungen Mädchens, was bedeutet, dass sie tatsächlich Kinder bekommen kann! Das war für Timuri natürlich eine völlig neue Erfahrung. Selbstverständlich haben wir ihr gesagt, dass sie jederzeit zu uns kommen kann, wenn sie deswegen weitere Fragen hat. Wahrscheinlich wird sie auch noch mit dir darüber reden wollen.«

»Das ist schon in Ordnung. Wenn ich nicht mehr weiter weiß, werde ich sie eben zu euch schicken«, antwortete Kensako nachdenklich.

»Das wäre am besten. Übrigens wissen wir nicht, ob und wann die Menstruation bei ihr einsetzen wird. Doch wir haben ihr auch das genau erklärt und Mama hat ihr dafür noch einige Hygiene-artikel mitgegeben. Du musst dir deswegen also keine Sorgen machen. Sie hat nun alles, was sie dafür benötigt und weiß, wie sie es benutzen muss«, berichtete Anouri.

»Gut zu wissen! Danke, dass ihr euch so intensiv um die Kleine gekümmert habt!«

»Schon in Ordnung. Einer muss es ihr ja erklären. Da sind Gespräche von Frau zu Frau immer noch am besten«, meinte Anouri freundlich.

Kensako nickte bestätigend. »Da hast du allerdings recht!«

Anouri begann zu grinsen. »Dann geh schnell zu Timuri, sie hat nämlich noch eine Überraschung für dich!«

»Eine Überraschung? Für mich? Da bin ich ja mal gespannt!«

Die junge Frau verabschiedete sich zwinkernd und winkte ihm beim Hinausgehen noch fröhlich zu, während Kensako rasch das Werkzeug einpackte und zum Haus zurücklief. Als er die Haustür öffnete, wehte ihm bereits ein angenehmer Essensgeruch entgegen. Der Soldat ging in die Küche, wo zu seiner Überraschung Timuri vor dem Herd stand und in einem Topf rührte. »Das riecht aber lecker! Hast du das gekocht?«

Timuri nickte mit verlegenem Lächeln, während Kensako hinter sie trat und genüsslich schnüffelte. »Ich hoffe, es schmeckt dir.«

»Bestimmt!«, versicherte der Soldat begeistert und wusch sich die Hände.

»Dann setz dich doch gleich hin, das Essen ist bereits fertig«, forderte ihn Timuri auf. Das ließ sich Kensako nicht zweimal sagen. Sie hatte sogar den Tisch richtig gedeckt. So ließ sich Kensako auf den Stuhl sinken, während Timuri ihm das Essen servierte und sich dann zu ihm setzte. Sie sah ihn unsicher an, während er den ersten Bissen probierte.

»Mmmh«, summte Kensako verzückt. »Das schmeckt klasse!«

»Wirklich?«, fragte Timuri freudig.

»Absolut!«, bestätigte der Soldat und aß gleich noch einen Löffel voll. »Gut gemacht!«, lobte er dann das Mädchen und drückte liebevoll ihre Hand.

»Danke!«, antwortete Timuri verlegen.

»Du darfst jetzt immer für mich kochen«, meinte Kensako zwinkernd.

»Ich kann bisher aber nur dieses eine Gericht«, erklärte Timuri.

»Dann wird es Zeit, dass du lernst, weitere Speisen zu kochen!«, polterte der Soldat scherzhaft.

»Wenn du es mir beibringst«, antwortete Timuri amüsiert.

»Das werde ich!«, versprach Kensako und drückte nochmals ihre Hand. »Hat dir das Kochen wenigstens Spaß gemacht?«

»Nachdem ich gelernt habe, dass es gar nicht so kompliziert ist, wie ich dachte, fand ich es ganz angenehm«, gab das Mädchen zu. »Anouri hat mir natürlich geholfen und mir erklärt, was ich tun muss. Ich habe mich bemüht, alles richtig zu machen.«

»Das ist dir auf jeden Fall gelungen!«, lobte sie der Soldat und aß genüsslich weiter.

Auch Timuri fand ihr Essen ganz schmackhaft und war durchaus froh, dass sie es geschafft hatte, für Kensako zu kochen. Dass es ihm auch noch gut schmeckte, erfüllte sie mit besonderem Stolz.

Nach dem Essen machten es sich beide im Wohnzimmer gemütlich. »Wie verlief denn dein Spaziergang mit Anouri? Habt ihr euch gut verstanden?«, fragte Kensako.

»Wir führten ein recht intensives Gespräch über Fortpflanzung, Kinder, Partnerschaft, Liebe, Sex und Intimsphäre. Später hat mich Joshiri noch untersucht und mir bestätigt, dass mein Körper dem eines gesunden Mädchens entspricht und ich sogar Kinder bekommen kann, sofern die Menstruation bei mir einsetzen sollte. Sie waren sehr freundlich zu mir und haben mir alles genau erklärt. Ich habe auch alles verstanden, jedoch sind diese Themen mit viel Emotionen verbunden. Ich habe dir ja schon erklärt, dass mir der Umgang damit noch schwerfällt, weshalb mich das alles momentan eher verwirrt. Es erscheint einer künstlichen Intelligenz, wie ich eine bin, schon fast absurd, menschliche Kinder zu gebären. Ich weiß nicht, ob ich in der Lage bin, Kinder aufzuziehen, solange ich selbst mit Emotionen noch nicht klarkomme. Wie werden die Kinder reagieren, wenn sie erfahren, dass ihre Mutter eine künstliche Intelligenz ist? Auch die Vorstellung, mich eines Tages in einen Mann zu verlieben und mit ihm intim zu werden, verursacht im Moment eher Angst und Unsicherheit.« Timuri hob den Kopf und blickte Kensako hilfesuchend an.

Der Soldat legte einen Arm um ihre Schulter und drückte sie zärtlich an sich. »Ich kann verstehen, dass dich das alles erst einmal verwirrt. Du wirst plötzlich mit zahlreichen hochemotionalen Themen konfrontiert, welche völlig neu für dich sind. Das war vielleicht ein bisschen zu viel auf einmal, doch es war das Beste, dass sie dich allumfassend aufgeklärt haben, damit du die Zusammenhänge besser verstehst, wenn du eines Tages erste Erfahrungen mit diesen Themen machst. Natürlich fällt dir die eine oder andere Vorstellung dazu momentan schwer oder ist dir sogar unmöglich, weil du erst seit sehr kurzer Zeit in einem menschlichen Körper steckst und unter den Menschen lebst. Außerdem kann man Emotionen nicht mit Gedanken und Logik verstehen. Man muss sie erleben, und selbst dann fällt es uns oft schwer, sie in Gänze zu begreifen. Deswegen ist es das Beste, wenn du dir nicht zu viele Gedanken darüber machst, sondern einfach abwartest, was geschieht. Sieh mal, du bist noch so jung und hast kaum Lebenserfahrung gesammelt. Da fällt es natürlich schwer, über Partnerschaft, Liebe und Kinder nachzudenken. Die meisten Menschen machen in deinem Alter allererste Erfahrungen mit Liebe und Partnerschaft. Ich habe damals auch erstmals angefangen, mich für Mädchen zu interessieren, bin mit ihnen ausgegangen, hab Händchen gehalten. Dann kam der erste

Kuss, erste Zärtlichkeiten, später auch erste erotische Erfahrungen. Das entwickelt sich langsam, also lass dich einfach treiben. Vielleicht triffst du auch schon bald einen Jungen, der dir sympathisch ist. Ihr verbringt Zeit zusammen, lernt euch kennen und kommt euch vielleicht allmählich körperlich näher. Vielleicht merkst du aber auch, dass ihr doch nicht so gut zusammen passt und ihr geht wieder auseinander. Es kann alles passieren. Auch wenn dir das momentan noch alles seltsam und unvorstellbar erscheint. Eines Tages wirst du es erleben. Deshalb sagte ich, du sollst einfach abwarten und dich treiben lassen. Und wenn du unsicher bist oder nicht weiter weißt, dann frag mich, oder Joshiri, oder Anouri. Mach dir also keine Sorgen. Du bist nicht alleine, sondern wir sind für dich da, was immer auch geschieht.« Dann schenkte er ihr ein aufmunterndes Lächeln.

Timuri senkte verlegen den Blick und bedankte sich leise. Dann hob sie den Kopf und sah ihn fragend an. »Was ist ein Kuss?«

Kensako schmunzelte. Dann drückte er ihr einen Kuss auf die Wange. »Das ist ein Kuss!« Timuri sah ihn darauf überrascht an. »Es ist ein recht intimes Zeichen von Zuneigung. Menschen die sich nahe stehen oder sehr lieb haben, küssen sich. Dabei küsst man sich, je nach Situation, nicht nur auf die Wange, sondern auch auf viele andere Stellen des Körpers, vor allem auf den Mund!«

Timuri senkte kurz nachdenklich den Blick und hob dann wieder den Kopf. »Woher weiß ich denn, welche Stelle des Körpers ich küssen soll?«

Kensako musste erneut lächeln. »Wenn man sich noch nicht so gut kennt, küsst man sich auf die Wange. Auf den Mund küsst man nur jemanden, dem man sehr nahe steht oder den man sehr lieb hat. Andere Stellen des Körpers küsst man normalerweise nur, wenn man intim mit einem Partner wird. Lass dich dabei von deinen Emotionen leiten, dann machst du meistens nichts falsch.«

»Darf ich dir einen Kuss geben?«, fragte Timuri nach kurzem Zögern.

»Gerne!«, antwortete Kensako und schenkte ihr ein aufmunterndes Lächeln, worauf sie ihm einen unbeholfenen Kuss auf die Wange gab.

»War das richtig so?«, fragte sie unsicher.

»Genau richtig!«, antwortete der Soldat schmunzelnd. »Ich gebe dir einen guten Rat: Genieße hier einfach dein Leben. Du hast zur Zeit keinerlei Verpflichtungen, so hast du genug Möglichkeiten, dich an den Alltag unter uns Menschen zu gewöhnen und alles kennen zu lernen, was für dich wichtig ist. Du bist, wie alle Bewohner dieser Siedlung, eine Gestrandete, die ihren Platz im Leben und in der Gemeinschaft erst finden muss. Dafür hast du nun genug Zeit, also nutze sie, um ein gutes und angenehmes Leben zu führen.«

Timuri blickte ihn nachdenklich an und nickte schließlich.

»Und außerdem wirst du lernen, noch mehr Gerichte zu kochen!«, polterte Kensako zwinkernd.

Timuri lächelte amüsiert. »In Ordnung!« Dann schmiegte sie sich an den Soldaten und genoss seine Nähe. Dabei sah sie sich in dem geräumigen Wohnzimmer um, bis ihr Blick an einem Regal haften blieb. »Was sind das für bunte Objekte?«, fragte sie erstaunt.

Kensako folgte ihrem Blick. »Das sind Bücher.«

Das Mädchen wandte sich ihm zu. »Was bedeutet Bücher?«

Kensako dachte kurz nach, wie er ihr das erklären sollte. »Manche Menschen möchten gerne das, was sie erlebt oder sich ausgedacht haben, der Nachwelt erhalten. Deshalb schreiben sie es in Bücher. So kann man ihre Gedanken oder Erinnerungen noch viele Generationen später nachlesen.« Er stand auf und überlegte kurz, welches Buch er ihr zeigen sollte. Schließlich entschloss er sich für eine Sammlung einfacher Abenteuergeschichten. Er zog das Buch aus dem Regal und blätterte es auf. »Dieses Buch enthält mehrere Geschichten von einem jungen Mann, der verschiedene Länder bereist und dort allerlei erlebt hat.« Er setzte sich wieder neben Timuri und zeigte ihr das Buch, erklärte dann seinen Aufbau. Das Mädchen blätterte interessiert durch die Seiten und las kurze Passagen. »Wenn du willst, kann ich dir eine Geschichte daraus vorlesen«, schlug er vor. Timuri war einverstanden und gab das Buch an ihn zurück. »Wenn du etwas nicht verstehst, dann frag einfach.«

»In Ordnung, mache ich«, antwortete sie und nahm eine bequeme Sitzhaltung ein, während sich Kensako eine Geschichte aussuchte. Dann begann er vorzulesen. Timuri hörte interessiert zu, stellte manchmal eine Frage zum Inhalt und lauschte gebannt seinen Worten. Obwohl die Geschichte spannend und gut erzählt war, wurde das Mädchen doch recht schnell müde und konnte kaum noch der Erzählung folgen. Schließlich sank ihr Kopf nach unten und ihre tiefen regelmäßigen Atemzüge zeigten, dass sie eingeschlafen war. Kensako legte das Buch zur Seite und sah Timuri gerührt an, die in diesem Moment wie ein kleines Kind aussah. Er stand auf, nahm sie behutsam auf seine Arme und trug sie ins Schlafzimmer, wo er dem schlafenden Mädchen die Oberbekleidung auszog, sie ins Bett legte und zudeckte. Er streichelte ihr noch über den Kopf, löschte das Licht und ging wieder ins Wohnzimmer. Er war froh, dass sie heute so offen über ihre Gedanken und Gefühle mit ihm gesprochen hatte. Wenigstens vertraute sie ihm und suchte seinen Rat. So konnte er ihr zumindest helfen, sich allmählich besser zurechtzufinden, denn ihr Wissensstand entsprach in manchen Bereichen noch dem eines kleinen Kindes. Das machte es ihr natürlich besonders schwer Vorgänge und Zusammenhänge zu verstehen, weil ihr noch so viel Erfahrung fehlte, die ein Menschenkind in ihrem Alter schon längst besaß. So musste sie viel mehr nachholen, viel schneller lernen, wobei ihre künstliche Intelligenz durchaus hilfreich war. Andererseits bewunderte er immer wieder ihre weit entwickelte Empathie, die für ein derartiges Wesen überhaupt nicht typisch war. Dieses Mädchen war wirklich etwas Besonderes! Obwohl der Umgang mit ihr manchmal anstrengend war, erfreute es Kensako immer mehr, dass sie in sein Leben getreten war und nun zu einem festen

Teil davon wurde. Nachdem er vor vielen Jahren seine geliebte Schwester verloren hatte, gab dieses Mädchen seinem Leben endlich wieder einen Sinn und erweckte positive Gefühle, die er vor langer Zeit nach Hikamis Tod scheinbar begraben hatte. Doch nun kamen sie erneut zum Vorschein. Mit dieser neugewonnenen Freude ging er schließlich zu Bett und genoss die Anwesenheit des jungen Mädchens.

*

Am nächsten Morgen war Timuri überrascht, als sie in ihrem Bett erwachte. Sie konnte sich nur noch daran erinnern, wie Kensakos Stimme im Wohnzimmer immer leiser wurde und schließlich verstummte. Weitere Erinnerungen fehlten ihr. Ein kurzer Systemtest zeigte, dass ihr neuronales Netzwerk korrekt funktionierte und keinerlei Störungen aufwies. Also blieb ihr nichts anderes übrig, als Kensako diesbezüglich zu befragen. Sie stand auf, erfrischte sich kurz und ging nach dem Ankleiden in die Küche, wo der Soldat ihr bereits ein Frühstück vorbereitet hatte.

»Guten Morgen, kleine Träumerin«, begrüßte er sie scherzhaft.

Timuri gab den Gruß kurz zurück und setzte sich an den Tisch. »Wie bin ich denn gestern ins Bett gekommen?«

»Du bist eingeschlafen, während ich dir vorgelesen habe. Darauf habe ich dich ins Bett gebracht«, erklärte Kensako. »Das hast du gar nicht mehr mitbekommen, denn du hast dabei fest geschlafen.«

Timuri nickte verstehend. »Ich hatte schon befürchtet, meine Erinnerungsfunktion sei gestört, aber der Systemcheck zeigte keinerlei Fehler. Wenn ich dabei jedoch geschlafen habe, ist ein Versagen auszuschließen.«

»Mit dir ist sicher alles in Ordnung. Der gestrige Tag war ziemlich anstrengend für dich, deswegen bist du wahrscheinlich auf dem Sofa eingeschlafen. Vielleicht war auch die Geschichte zu langweilig«, meinte Kensako schmunzelnd.

143

»Nein, die war durchaus interessant. Würdest du sie mir heute Abend noch einmal vorlesen?«, fragte Timuri ein wenig verlegen.

»Gerne!«, bestätigte Kensako. In diesem Moment klopfte es an der Haustür. Der Soldat öffnete verwundert. Ein junger Techniker stand etwas atemlos vor ihm.

»Guten Morgen. Bitte verzeih die Störung, aber Tantauko hat sich gemeldet und möchte dich und Timuri gerne sprechen.«

»Ist es dringend?«, fragte Kensako besorgt.

Der Techniker schüttelte den Kopf. »Nein. Ihr sollt euch jedoch bitte im Laufe des Tages bei ihm melden.«

»In Ordnung! Wir kommen, sobald Timuri aufgegessen hat«, bestätigte Kensako. »Möchtest du noch einen Kaffee?«

»Nein danke! Ich muss gleich wieder zurück«, antwortete der junge Mann freundlich und wandte sich zum Gehen.

Kensako nickte. »Danke für die Nachricht!«

»Gern geschehen!«, sagte der Techniker und entfernte sich zügig.

»Der Soldat schloss die Tür und ging mit nachdenklichem Blick zurück in die Küche. »Tantauko will uns beide sprechen«, teilte er dann Timuri mit.

Das Mädchen sah ihn überrascht an. »Was will er denn?«

»Das weiß ich nicht«, antwortete Kensako schulterzuckend.

»Sollen wir gleich gehen?«, fragte Timuri unsicher.

Kensako schüttelte den Kopf. »Nein, iss du erst einmal in Ruhe dein Frühstück auf. Es eilt nicht.«

Timuri nickte und tat wie ihr geheißen. Danach führte Kensako sie in die Funkzentrale der Siedlung, wo beide vor dem Laptop Platz nahmen, den Tantauko ihnen geschenkt hatte. Der Techniker stellte die Verbindung her und zog sich dann respektvoll zurück. Kurze Zeit später flackerte das Symbol von HOM auf dem Bildschirm auf, dann füllte Tantaukos Gesicht den Monitor aus.

»Hallo Tantauko, wie geht es dir?«, begrüßte Kensako ihn freundlich. Auch Timuri nickte ihm lächelnd zu.

»Oh, ganz gut, sämtliche Schaltkreise sind am Glühen!«, antwortete der Hacker scherzhaft. »Danke dass ihr euch so schnell meldet!«

»Was gibt es Neues aus HOM?«, fragte Kensako interessiert.

»Inzwischen konnte ich die alten Zustände wieder größtenteils herstellen, so dass die Menschen hier wieder ein angenehmes Leben führen. Glücklicherweise lagen die alten Daten noch vor, so dass ich sie meist nur reaktivieren musste. Bei meiner Suche bin ich auch auf den Bauplan von Timuris neuronalem Netzwerk und der Gehirn-Schnittstelle gestoßen.«

»Tatsächlich?«, fragte Timuri überrascht.

»Oh ja, auch die genetischen Daten zur Bildung deines Körper-Klons konnte ich ausfindig machen. Somit wären wir hier in der Lage weitere Homoroiden herzustellen.«

»Erzähl mir jetzt bitte nicht, dass du damit schon angefangen hast!«, polterte Kensako besorgt.

»Nein, keine Sorge!«, beschwichtigte Tantauko. »Das wäre ethisch äußerst bedenklich. Außerdem könnte ich nur die Software der anderen Wächter dafür nutzen, welche die Menschen während ihrer Zeit als Sklaven hier beaufsichtigten, was ebenso inakzeptabel ist.«

»Was ist mit den Wächtern inzwischen geschehen?«, fragte Timuri unsicher.

»Sie wurden temporär deaktiviert, doch ihre gesamte Software ist noch vorhanden. Die ist extrem komplex, da alle Wächter ein eigenes Bewusstsein besitzen, genauso wie du, Timuri. Deswegen wäre ihre Löschung ethisch bereits nicht mehr vertretbar. Vielmehr wäre ein späterer Einsatz zur Unterstützung der Menschen denkbar. Dazu muss ich jedoch den Aufbau der Software noch besser kennenlernen, damit meine Leute und ich darin behutsam eingreifen können, um die Wächter für die neue Aufgabe anzupassen. Da auch dies bereits ethische Fragen aufwirft, muss sich erst zeigen, inwieweit wir in der Lage sind die Software und ihre Funktionsweise zu verstehen. Hierbei könntest du uns unterstützen, Timuri, indem du uns erlaubst, eine Kopie deiner aktuellen Software zu nutzen. Du hast dich sicher schon recht weit an die Menschen angepasst, so dass wir in der Lage sind, die Unterschiede zur Software der anderen Wächter zu erkennen und zu verstehen. Sollten wir das schaffen, gäbe es auch eine Möglichkeit, mit Hilfe deiner Software einen weiteren Homoroiden zu erschaffen, der bereits all deine Kenntnisse besitzt, jedoch charakterlich ein wenig anders geformt ist als du. Wir könnten dir also eine Schwester machen!«

Kensako stieß geräuschvoll die Luft aus, während Timuri verunsichert auf den Bildschirm starrte. »Das sind weitgreifende Ziele, deren ethische Tragweite kaum zu ermitteln sind«, warnte der Soldat mit ernster Miene.

»Ich weiß, doch du musst dich nur umsehen, um zu erkennen, dass wir Menschen uns beinahe selbst ausgerottet haben und immer noch Krieg gegeneinander führen. Da draußen herrscht inzwischen Anarchie, die meistens in Diktatur gipfelt. Vielleicht könnten sich friedliche Homoroiden zukünftig positiv auf die Menschen in ihrer Umgebung auswirken und die Aggressionen dämpfen, so dass ein friedlicheres Zusammenleben möglich wäre. Mir ist klar, dass dies vielleicht nur eine Wunschvorstellung ist, deswegen will ich die Wirkung dieser Hybridwesen in einer kleinen Gemeinschaft, wie sie eure Siedlung darstellt, testen. Aus diesem Grund soll Timuri eine Schwester erhalten. Ich weiß, dass wir hier in ethische Grenzbereiche vorstoßen, doch ich will einfach nicht mehr tatenlos zusehen, wie sich die Menschheit langsam selbst vernichtet. Die Menschen selbst können wir nicht verändern und dazu haben wir auch kein Recht, doch vielleicht können wir sie durch das Zusammenleben mit freundlichen Homoroiden zu friedlicheren Wesen machen. Vielleicht bin ich auch nur ein Träumer, doch es muss etwas geschehen, bevor wir die Erde zerstören und uns selbst gänzlich ausrotten! Jetzt haben wir vielleicht endlich die technischen und biologischen Mittel dazu.«

»Deine Absichten sind durchaus nobel, doch ich bezweifle, dass die Menschheit auf diese Art zur Vernunft gebracht werden kann«, antwortete Kensako skeptisch.

»Mag sein, aber einen Versuch wäre es zumindest wert!«, entgegnete Tantauko selbstbewusst und wandte sich dann Timuri zu. »Du musst dich nicht sofort entscheiden. Denke gut darüber nach und teile mir bitte deine Antwort in den nächsten Tagen mit.«

Das Mädchen sah ihn verunsichert an, nickte dann aber wortlos. »Du hast die Pläne meines neuronalen Netzwerkes gefunden. Kannst du daraus ermitteln, über welchem Zeitraum dessen Funktionalität gesichert ist?«, fragte sie nach einer längeren Pause.

»Dieses System entspricht der neuesten Technik und benötigt sehr geringe Energiemengen, um zu funktionieren. Die Kraftzelle dürfte es mit Sicherheit wenigstens sechzig Jahre zuverlässig mit Strom versorgen, sofern keine Störungen auftreten. Auch dein Körper wird genauso schnell altern, wie der eines echten Menschen. Bei halbwegs gesunder Lebensweise wirst du also mindestens sechzig Jahre alt werden«, versicherte Tantauko dem Mädchen.

»Das ist deutlich mehr, als ich angenommen habe!«, sagte Timuri erfreut. »Danke für deine Auskunft!«

»Gern geschehen!«, antwortete Tantauko freundlich.

»Ich werde über deine Bitte nachdenken und dir sobald wie möglich eine Antwort geben«, versprach das Mädchen.

»In Ordnung!«, bestätigte Tantauko. »Ich wünsche euch eine gute Zeit und freue mich schon auf den nächsten Kontakt mit euch. Macht's gut!«

»Auch dir noch alles Gute und viel Erfolg!«, antwortete Kensako.

Tantauko nickte ihnen noch freundlich zu und unterbrach dann die Verbindung.

Kensako erhob sich und führte Timuri hinaus. Er bedankte sich noch bei dem Techniker und ging dann mit dem Mädchen zurück zum Haus, wobei er schweigend vor sich hin sinnierte.

»Habe ich dich verärgert?«, fragte Timuri unsicher.

Kensako schüttelte den Kopf. »Nein, ich denke nur gerade über Tantaukos Idee nach.«

»Du meinst die Schwester, die er mir machen will?«

»Nicht nur. Seine ganze Vorstellung der Befriedung der Menschen mit Hilfe der Homoroiden erscheint mir nicht besonders sinnvoll«, antwortete Kensako.

»Warum?«, fragte Timuri erstaunt.

»Als du damals angeschossen wurdest, hast du doch selbst miterlebt, wie aggressiv viele Menschen sind. Ich glaube nicht, dass diese Charaktere sich von freundlichen Homoroiden davon überzeugen lassen, ihre Aggressionen zu beenden, da diese Menschen meist auch nicht besonders intelligent sind und kaum Vernunft oder Einsicht zeigen. Vielmehr werden sie ihre Aggressionen dann auch gegen die Homoroiden richten. Glaub mir, ich weiß wovon ich rede, denn ich habe dieses Verhalten während meiner Zeit als Soldat sehr häufig miterlebt!«

Timuri ging nachdenklich neben ihm her. »Wahrscheinlich hast du recht. Doch vielleicht verfolgt er ein anderes Ziel.«

»Wie meinst du das?«, fragte Kensako verwundert.

»Er will doch die befriedende Wirkung in dieser Siedlung ausprobieren, also innerhalb einer Gruppe von Menschen, die gelernt hat, sich gegenseitig zu unterstützen. Wie du mir erzählt hast, sind alle Einwohner hier Gestrandete. Das bedeutet wahrscheinlich, dass viele von ihnen unangenehme Erfahrungen gemacht haben und deshalb Aggressionen eher ablehnen. Da sie hier in einer relativ sicheren Umgebung leben, stellt das auch kein Problem dar. Ich nehme an, dass es trotzdem vereinzelt zu aggressiven Handlungen kommt?« Timuri sah Kensako fragend an.

»Ja, natürlich kommt es manchmal zum Streit, zwischen einzelnen Personen oder Gruppen, der auch manchmal recht heftig wird. Doch der dauert in der Regel nicht lange. Falls doch, besprechen wir die Situation bei einem größeren Treffen und versuchen eine Lösung zu finden«, erklärte der Soldat.

»Eventuell können wir Homoroiden zukünftig verhindern, dass es überhaupt so weit kommt. Dadurch können wir den Frieden zumindest in kleinen, vernünftigen Gruppen sichern. Dagegen können wir die unbelehrbaren Kämpfer da draußen nicht befrieden. Die werden sich jedoch eines Tages selbst ausrotten.«

»So, dass am Schluss eher vernünftige Menschen übrig bleiben, die dank euch zukünftig friedlich zusammen leben«, ergänzte Kensako. »Das klingt zwar leichter, als es ist, wäre aber auch eine beachtenswerte Alternative. Zwar fällt es mir als ehemaligem Soldat schwer, überhaupt an eine Befriedung der Menschheit zu glauben, doch man soll ja die Hoffnung niemals aufgeben.« Er machte eine kurze Pause. »Es tut mir leid, dass ich dir in diesem Fall bei deiner Entscheidung nicht helfen kann, denn ich habe zu viele schlimme Dinge erlebt, die mich an jeglicher Vernunft der Menschheit zweifeln lassen. Trotzdem will ich versuchen dich zu unterstützen, egal wie deine Entscheidung auch ausfällt!«

»Danke!«, gab Timuri ein wenig verlegen zurück.

Inzwischen hatten sie Kensakos Haus wieder erreicht.

»Hast du Lust ein neues Kochrezept zu lernen?«, fragte er Timuri schmunzelnd, die amüsiert zustimmte.

So lernte sie die Zubereitung eines weiteres Gerichtes. Später las Kensako ihr nochmals aus dem Buch vom letzten Abend vor. So erfuhr das Mädchen diesmal die ganze Geschichte.

# Danksagung

Mein Dank gilt vor allem meinem langjährigen Freund und Kollegen Ralf, der stets ein geduldiger Zuhörer und Ratgeber war! Seine zahlreichen guten Ideen und Vorschläge waren mir eine sehr große Hilfe! Deshalb ist dieses Buch ihm gewidmet.
Auch bei meiner Frau möchte ich mich bedanken. Ohne ihre ständige Unterstützung wäre dieses Projekt nicht möglich gewesen!
Zuletzt gilt mein Dank noch meinen beiden Kolleginnen Kerstin und Margit, für die Durchsicht und Korrektur des Manuskriptes.

Michael Kerawalla wurde 1963 in Indien geboren und migrierte als Kind nach Deutschland. Er ist Diplom-Biologe und hat mehrere Jahre als Organisations-Programmierer gearbeitet. Nach dem Verlust des Arbeitsplatzes folgte er seiner Berufung als Autor und hat im Oktober 2006 seinen ersten Fantasy-Roman mit dem Titel „Stein der Finsternis" veröffentlicht. Im Jahr 2011 folgte sein zweiter Fantasy-Roman mit dem Titel „Turoon".
Michael Kerawalla lebt heute zusammen mit seiner Frau in der Nähe von Stuttgart.

**Von Michael Kerawalla sind bisher erschienen:**

**Wuun-Serie:**

Eine Fantasy-Romanreihe über die idyllische Welt Wuun und deren Bewohner, die immer wieder von dunklen Mächten bedroht und von diesen oft genug an den Rand ihrer Existenz gebracht werden.

**Titel:**
Stein der Finsternis (leider vergriffen)
Turoon

**Homoroid-Serie:**

Eine dystopische Science-Fiction Romanreihe über ein Mädchen mit künstlicher Intelligenz in einer postapokalyptischen Welt.

**Titel:**
Timuris Auftrag

**Jibby-Serie:**

Eine Fantasy-Romanreihe über die Abenteuer einer einstmals misshandelten Elfe und ihrem menschlichen Partner.

**Titel:**
Die einsame Elfe

Weitere Bände der einzelnen Serien sind in Vorbereitung.

**Kurzgeschichten:**

Zusammen mit dem Autor Ralf Neubohn sind folgende
Kurzgeschichten-Bände erschienen:

**Titel:**
Im Tal der Autoren
Flammenfeder live von der Gartenschau
Galaabend für die Gartenschau

## Tipp: Wuun-Serie, Band 2: Turoon

Das Velbenmädchen Saira führt ein glückliches und sorgloses Leben auf dem Planeten Wuun. Sie absolviert gerade eine Lehre als Magierin und ist bereits die beste Schülerin ihres Meisters. Doch eines Tages wird sie plötzlich von ihrem Heimatplaneten auf die Wasserwelt Turoon entführt. Nach einer Transformation zu einem Tiefseewesen soll sie dort für den Rest ihres Daseins als Sklave in einer Mine arbeiten. Sie erlebt zum ersten Mal die Schrecken der Sklaverei. Die stumpfsinnige, harte körperliche Tortur, die tägliche Unterdrückung und Erniedrigung durch ihre Aufseher und die Grausamkeit und Gefühlskälte ihrer Herren. Doch Saira ist nicht bereit dieses Schicksal so einfach zu akzeptieren. Schließlich gelingt ihr zusammen mit dem Ausbilder Cherou die Flucht und eine lange, abenteuerliche und höchst gefährliche Jagd quer durch den Ozean nimmt ihren Lauf. Dabei werden die beiden Flüchtlinge immer tiefer in ein Netzwerk aus Intrigen, Verrat, Krieg und Zerstörung hinein gezogen, an dessen Ende sogar die Vernichtung des gesamten Planeten droht! Wird es ihnen gelingen das scheinbar unabwendbare Schicksal ihrer Welt noch zu ändern, die Sklaven zu befreien und ihrer Heimat wieder Frieden zu bringen? Welche Rolle spielt dabei der mächtige Feuerkristall mit seinen gewaltigen magischen Kräften?
Das erste große Tiefsee-Fantasy-Epos voller Spannung und Action, Intrige und Hinterhalt, Gefühl und Leidenschaft, Magie und Mystik!

## Leseprobe

Der nächste Arbeitstag verlief ebenso ereignislos. Obwohl Torg die Lingits zu noch höherer Leistung nötigte, um Cherous Fehlen auszugleichen, fand Saira nach der Arbeit noch genug Kraft, um ihre Suche nach einer geeigneten Stelle zur Flucht fortzusetzen. Wieder streifte sie so vorsichtig wie möglich an den magischen Barrieren entlang, achtete darauf, von niemandem beobachtet zu werden. Zum Schutz legte sie noch einen Wach-Zauber um sich, der ihr die

Annäherung anderer Lebewesen melden würde. Ihre Suche blieb auch diesmal längere Zeit erfolglos. Sie wollte schon für den heutigen Tag aufgeben und zur Schlafhöhle zurück schwimmen, als sie auf einmal die Signatur eines bekannten Zaubers spürte. Vorsichtig näherte sie sich der Stelle und sah sich um. Das Gelände war hier völlig offen und kein Lebewesen konnte sich unbemerkt anschleichen. Zwar war Saira nun auch gut zu sehen, aber so weit von der Schlafhöhle entfernt war ihr bisher noch kein größeres Lebewesen begegnet. Vorsichtig tastete sie den Zauber ab, prüfte seine Funktion und seine Grenzen. Er war kompliziert, aber Saira war durchaus in der Lage, ihn soweit zu begrenzen, dass eine Öffnung entstand, durch die sie unbemerkt entwischen konnte. Triumphierend rieb sie sich die Hände. Endlich hatte sie eine Möglichkeit zur Flucht gefunden! Schon wollte sie sich auf den Zauber konzentrieren, um ihn soweit zu begrenzen, dass sie in der Lage war, hindurch zu schlüpfen. Da alarmierte sie plötzlich ihr Wach-Zauber über die Annäherung eines fremden Lebewesens! Saira sah sich erschrocken um, konnte aber zuerst nirgends etwas erkennen. Erst, als sie den Kopf hob, sah sie einen großen Galanx direkt von oben auf sie zu schwimmen. Er hatte sie wohl noch nicht entdeckt, weil er so gemächlich dahin schwamm, aber er konnte sie jeden Moment erspähen! Panik stieg in ihr auf. Hier in dem offenen Gelände gab es keinerlei Versteckmöglichkeiten. Wenn dieser Wächter sie bemerkte, hätte das bestimmt sehr unangenehme Folgen für sie, denn sie durfte sich hier eigentlich nicht aufhalten! Der Galanx kam immer näher! Was sollte sie nur tun? Verzweifelt sah sie sich um, aber es gab wirklich keine Möglichkeit sich zu verstecken! Schon war der Galanx so nah, dass er sie jeden Moment entdecken würde! Da tat Saira das einzig Richtige. Sie ließ sich auf den Sand sinken und wirkte einen Zauber, der sie unsichtbar machte. Das Problem war nur, dass dieser Zauber sehr viel Kraft kostete, so dass sie ihn nicht lange aufrecht erhalten konnte. Ausserdem beherrschte sie ihn noch nicht vollständig. Solange sie sich nicht bewegte, war alles in Ordnung. Doch jede noch so kleine

Bewegung würde zumindest ihre Konturen sichtbar machen, weil am Rand des Zaubers geringe Unregelmäßigkeiten auftraten, die nur ein erfahrener Magier unterbinden konnte. Dazu würde jedes leichte Flackern ihre Leuchtorgane durch den Zauber hindurch schimmern und sie verraten! Der Galanx war nun genau über Saira. Sie spürte sogar die Wasserströmungen, die sein Körper verursachte. Trotz ihrer Panik versuchte sie ruhig zu bleiben. Jetzt nur nicht bewegen und ja kein Licht abgeben! Der Galanx schien sie nicht bemerkt zu haben, denn er musterte nur scheinbar gelangweilt die Umgebung. Dann blickte er genau in ihre Richtung. Hatte er doch ihre Konturen bemerkt? Sein Blick blieb länger auf sie gerichtet. Saira wagte kaum zu atmen. Da entsann sie sich, dass der Zauber sie nur rein optisch schützte. Wenn er jetzt seinen Sonar benutzte, würde er sie sofort entdecken! Der Blick des Wächters war immer noch auf sie gerichtet. Saira konnte kaum noch ein Zittern unterdrücken. Zudem entzog ihr der Zauber immer mehr Kraft, so dass sie ihn bald nicht länger aufrecht erhalten konnte, aber der Galanx bewegte sich nicht von der Stelle. Sie ließ ein Stoßgebet los, dass er endlich weg schwimmen sollte, doch erst als Saira schon einer Ohnmacht nahe war, zog der Galanx schließlich mit langsamen Bewegungen weiter. Völlig entkräftet löste Saira den Zauber auf und lag schwer atmend im Sand. Das war gerade noch einmal gut gegangen! Sie hob den Kopf und sah sich vorsichtig um, aber es war niemand in der Nähe. Selbst diese Bewegung kostete sie enorme Anstrengung, doch sie musste zurück schwimmen, bevor die Dunkelphase begann, sonst würde man ihr Fehlen bemerken. So mobilisierte sie schließlich all ihre Reserven und schleppte sich mit letzter Kraft zur Schlafhöhle. Der Weg schien unendlich weit zu sein. Allmählich begann ihr sogar schon die Sicht zu verschwimmen. Sie sah den Eingang der großen Höhle nur noch als unscharfe, leuchtende Kontur und hoffte, mit keinem anderen Lingit zusammen zu stoßen, während sie hindurch schwamm. An der nächstmöglichen Stelle ließ sie sich in den Sand sinken, dann brach sie bewusstlos zusammen.

**Tipp: Jibby-Serie, Band 1: Die einsame Elfe**

Tom, ein junger Mann, der die Natur liebt, findet während einer Wanderung im Wald eine verletzte junge Frau. Doch bald stellt sich heraus, dass sie kein Mensch, sondern eine Elfe ist, die von ihrer Sippe alleine zurückgelassen wurde. Aufgrund ihrer Blessuren kann sie weder fliegen noch laufen. Tom ist zuerst mit der Situation überfordert, doch er will die hilflose Elfe nicht einfach im Stich lassen, weshalb er trotz seiner Verwirrung beschließt, sich vorerst um sie zu kümmern. Nachdem der junge Mann eine Krücke für sie hergestellt hat, machen sich beide gemeinsam auf den Weg zu einer neuen Elfensippe. In den folgenden Tagen erfährt Tom immer mehr von der schrecklichen Vergangenheit der Elfe, von Brutalität, Misshandlung, tiefster Niedertracht, gepaart mit Psychoterror, permanenter Erniedrigung und Ausgrenzung, massivem Liebesentzug und seelischer Grausamkeit, bis hin zum Mordversuch!
Der junge Mann kümmert sich mit viel Gefühl und liebevoller Sorgfalt um sie, versucht ihr auf der Reise den nötigen Halt und die Geborgenheit zu geben, welche die Elfe schon so lange vermisst, gerät dabei aber immer wieder an seine Grenzen.

Die erschütternde Geschichte einer gequälten Seele, die durch die Niedertracht und Grausamkeit ihrer Sippe beinahe den Tod fand, jedoch auch Hoffnung und Rettung durch die Magie und die Liebe eines Menschen erfährt.

**Leseprobe:**

»Erzähl mir doch bitte einmal genau, was dir passiert ist«, bat Tom vorsichtig. »Natürlich nur, wenn du das auch möchtest.«
Jibby schilderte ihm gerne, was sich ereignet hatte. Sie war sogar dankbar, dass er sich dafür interessierte. So begann sie zu erzählen: »Als ich am heutigen Morgen erwachte, war ich ganz alleine. Während

ich noch schlief, war meine gesamte Sippe heimlich ohne mich weiter geflogen und hatte mich zurückgelassen. Ich weiß nicht, warum sie das taten. Vielleicht habe ich sie zu sehr verärgert, ihnen zu viele Schwierigkeiten gemacht, oder ich war ihnen zu schusselig, ich weiß es nicht. Jedenfalls waren sie alle weg! Natürlich habe ich erst einmal die nähere Umgebung abgesucht, habe aber niemanden gefunden. Dann habe ich überlegt, in welche Richtung sie geflogen sein könnten und habe mich dorthin auf die Suche gemacht, doch auch dabei blieb ich erfolglos. So bin ich schließlich völlig erschöpft in den Baum gestürzt, wo du mich gefunden hast.«

Tom war erschüttert. »Die haben dich ganz alleine zurückgelassen?«, fragte er ungläubig.

Jibby nickte nur traurig und ihre Augen wurden feucht.

»Das tut mir sehr leid für dich. Wie konnten die nur so gemein zu dir sein?«, fragte Tom betroffen.

»Ich weiß es nicht...«, schluchzte Jibby mit gebrochener Stimme, zog die Beine an und legte leise weinend den Kopf auf die Knie.

Tom rückte etwas näher und nahm sie behutsam in den Arm, was sie sich gerne gefallen ließ. »Jetzt bist du ja nicht mehr alleine«, tröstete Tom sie. »Ich werde auf dich aufpassen.«

Jibby hob etwas den Kopf und sah ihn aus tränenverschleierten Augen an, worauf Tom ihr ein freundliches Lächeln schenkte. Dann bedankte sie sich leise, schluckte mehrmals und rieb sich die Tränen aus dem Gesicht, während Tom ihr zärtlich über den Kopf streichelte. Dabei bemerkte der junge Mann, dass die Elfe ein wenig fröstelte, was nicht weiter verwunderlich war, denn die Sonne begann bereits zu sinken und ein kühler Wind blies durch die Kronen der Bäume.

»Ich sollte besser ein Feuer machen, damit es uns nicht zu kalt wird«, sagte Tom, erhob sich und suchte Holz zusammen. Da meldete sich lautstark sein Magen zu Wort, was Tom daran erinnerte, dass er bis jetzt noch nichts gegessen hatte. Es dauerte nicht lange, dann hatte der junge Mann genug Holz für das Feuer gefunden und häufte es in Jibbys Nähe an einer lichten Stelle des

Waldes auf. Als er längere Zeit nach seinem Sturmfeuerzeug suchte, bot Jibby ihm an, das Feuer zu entzünden. »Das kannst du doch nicht von dort aus, wo du gerade sitzt«, meinte Tom zweifelnd.

»Doch, auf die Entfernung ist das kein Problem«, entgegnete Jibby selbstsicher.

»Wie soll das denn gehen?«, fragte Tom.

Statt einer Antwort wirkte Jibby einen Feuerzauber in dem Holzstapel. Der verursachte jedoch eine haushohe Stichflamme, die einige von Toms Haaren versengte, bevor er sich mit einem raschen Sprung in Sicherheit bringen konnte. Wenige Augenblicke später verlosch die große Flamme und hinterließ einen glühenden Aschehaufen.

»Bist du wahnsinnig? Willst du den ganzen Wald in Brand setzen?«, rief Tom erschrocken.

»Tut mir leid, entschuldige bitte!«, antwortete Jibby fast flehend und nahm unbewusst eine Abwehrhaltung ein, so als ob sie befürchtete geschlagen zu werden.

Tom war über ihre heftige Reaktion sehr verwundert. »Schon gut, ist ja nichts passiert«, meinte er versöhnlich.

Es dauerte einige Augenblicke, bis sich Jibbys Schreckstarre löste und sie ihre Abwehrhaltung aufgab. Trotzdem sah sie Tom ängstlich an. Der ging vor ihr in die Hocke und wollte ihre Wange streicheln, doch sie zuckte zurück.

»Keine Angst, ich tu' dir doch nichts«, sagte Tom behutsam. Dann streckte er nochmals die Hand aus und streichelte ihre Wange, was sie sich diesmal gefallen ließ.

»Bitte verzeih, ich hab meine Magie noch nicht so gut unter Kontrolle«, sagte Jibby ängstlich und zog abermals den Kopf ein.

»Keine Sorge, mir ist nichts passiert und ich bin dir auch nicht böse«, versicherte Tom der verstörten Elfe. »Kein Grund sich zu fürchten!« Dann schenkte er ihr ein aufmunterndes Lächeln.

Jibby entspannte sich etwas. »Bist du mir wirklich nicht böse?«, fragte sie unsicher.

Tom schüttelte den Kopf. »Nein, ganz sicher nicht!«

Jibby richtete sich zögernd wieder auf und schenkte ihm einen dankbaren Blick.

Tom zwinkerte ihr aufmunternd zu und erhob sich. »Ich sammle nur noch geschwind neues Holz.« Als er dann alleine durch den Wald lief, um nach Brennholz zu suchen, sah er noch einmal zu Jibby zurück und wunderte sich, dass sie plötzlich so verängstigt war. Ihre Sippe hatte Jibby wohl nicht gut behandelt, sonst wäre sie wegen ihres Missgeschickes nicht gleich so ängstlich geworden! Wie sich gerade gezeigt hatte, war sie tatsächlich etwas schusselig, doch selbst wenn ihr ab und zu solche Missgeschicke passierten, war das noch lange kein Grund sie alleine zurückzulassen. Wenn Tom sie nicht gefunden hätte, wäre sie jetzt wahrscheinlich schwer verletzt oder sogar tot! Das konnte ihre Sippe doch unmöglich gewollt haben! Tom befürchtete, dass da wohl sicher noch deutlich mehr dahintersteckte. Doch im Moment galt es erst einmal, der verletzten Elfe zu helfen. Alles Weitere würde sich zeigen.